Histoires de vampires

Première de couverture : © Coll. Perron/KHARBINE-TAPABOR © Warner Bros © Droits réservés.
Deuxième de couverture : © Akg-images / Erich Lessing © Adagp, Paris 2010.
Troisième de couverture : [h.] © Archives du 7e Art ; [b.] Collection Christophel.

Jean Ray, « Le Gardien du cimetière », première parution dans *Ciné*, revue cinématographique-cinemablad, n° 25, Gand, novembre 1919. © Succession De Kremer, 1925.
Robert Bloch, « La Cape », première parution dans *Unknown*, vol. 1, n° 3, mai 1939, traduction de l'américain par Dominique Mols. © Librairie des Champs-Élysées, 1978.
Richard Matheson, « La Robe de soie blanche », première parution dans *The Magazine of Fantasy and Science Fiction*, vol. 2, n° 5, octobre 1951, traduction de l'américain par Jacques Chambon. © Flammarion, 1999, pour la traduction française.
Karen Robards, « Petite sœur ou bien... », première parution dans *The ultimate Dracula*, Dell, 1991, traduction de l'américain par Monique Lebailly. © Éditions Joëlle Losfeld, 1995, pour la traduction française.
David A. Johnstone, « Monsieur Alucard », 1967, DR.

ISBN 978-2-7011-5442-8
ISSN 1958-0541

CLASSICOCOLLÈGE

Histoires de vampires

Choix des nouvelles et dossier
par Stéphane Chomienne
Certifié de lettres modernes

BELIN ■ GALLIMARD

Sommaire

Introduction 7

Jean Ray, « Le Gardien du cimetière » 9
Arrêt sur lecture 1 23
Étudier l'irruption du surnaturel dans un récit fantastique

Robert Bloch, « La Cape » 29
Arrêt sur lecture 2 53
Analyser la construction d'une nouvelle fantastique

Richard Matheson, « La Robe de soie blanche » 59
Arrêt sur lecture 3 67
Découvrir un personnage de vampire inattendu

Karen Robards, « Petite sœur ou bien... » 73
Arrêt sur lecture 4 96
Étudier l'hésitation propre au récit fantastique

David A. Johnstone, « Monsieur Alucard » 101
Arrêt sur lecture 5 108
Découvrir une histoire de vampires comique

Arrêt sur l'œuvre 114

Des questions sur l'ensemble des nouvelles 114

Des mots pour mieux écrire 115
Lexiques de la peur, de la mort et du vampire

À vous de créer 119

Groupements de textes 120

Face à face avec un monstre 120

Portraits de femmes vampires 128

Autour de l'œuvre 137

Petite histoire des vampires 137

Les vampires en 20 dates 142

Les grands thèmes de l'œuvre 143
La peur
La femme vampire

Fenêtres sur... 147
Des ouvrages à lire et des films à voir

Introduction

En composant *Dracula*, il y a plus d'un siècle, l'Irlandais Bram Stoker créait un véritable mythe littéraire. Tout comme Faust ou Frankenstein, Dracula incarne symboliquement un aspect de la condition humaine. Personnage à la fois malfaisant et fascinant, Dracula est à l'origine d'un engouement sans précédent pour les récits de vampires.

Les deux premiers récits de ce volume, « Le Gardien du cimetière » et « La Cape », sont des récits de vampires classiques. Jean Ray et Robert Bloch reprennent tous les motifs du folklore vampirique que les écrivains, à la suite de Bram Stoker, ont incorporés à leur fiction : sang, baisers, morsures, pieux, tombes et croix. Les deux nouvelles suivantes « La Robe de soie blanche » de Richard Matheson et « Petite sœur ou bien... » de Karen Robards sont plus récentes et ne correspondent pas, de prime abord, à ce que l'on attend d'un récit de vampires. Elles prennent des formes si surprenantes qu'on en arrive parfois à douter d'avoir affaire à de vrais vampires ! « Monsieur Alucard » de David A. Johnstone enfin joue malicieusement avec le mythe du vampire...

Le Gardien du cimetière

de Jean Ray

1919

La raison pour laquelle je devins le gardien du cimetière de Saint-Guitton, monsieur le Juge d'Instruction ? Mon Dieu, la voici : la faim et le froid.

Imaginez-vous quelqu'un, vêtu d'un complet[1] d'été, ayant couvert les soixante kilomètres qui séparent deux villes, celle où on lui a refusé tout travail et tout secours, et celle qui fut son dernier espoir. Imaginez-vous cet être nourri de carottes glacées sentant le purin[2], et de pommes de reinette, aigres et dures, oubliées sur l'herbe d'un verger désert ; imaginez-le trempé par une pluie d'octobre, courbé sous de grosses rafales qui accouraient du nord, et vous aurez devant vous l'homme que je fus, lors de mon arrivée dans la banlieue de votre sinistre ville.

J'entrai dans la première maison qui est une auberge à l'enseigne des Deux Pluviers, où le patron charitable me réconforta de café chaud, de pain et d'un hareng saur et où, au récit de ma détresse, ce brave homme m'apprit qu'un des gardiens du cimetière de Saint-Guitton venait de partir et que l'on cherchait un remplaçant.

Pourquoi les morts m'auraient-ils fait peur ? Les vivants m'avaient tant fait souffrir. Les morts pouvaient-ils être plus méchants ?

Vous cacherai-je ma joie d'avoir été agréé[3] sur-le-champ par les deux gardiens restants, qui semblaient avoir pleins pouvoirs sur le cimetière et les affaires qui s'y rattachaient ?

---

1. **Complet** : costume d'homme.
2. **Purin** : engrais d'origine animale.
3. **Agréé** : admis, accepté.

Non, car je reçus tout de suite de chauds vêtements et un repas. Ah ! mais quel repas ! De larges tranches de viande rouge, des pâtés ruisselants de jus, des fritures aussi copieuses que dorées.

Quelques mots maintenant sur le cimetière de Saint-Guitton ; c'est un immense champ de repos où l'on n'enterre plus personne depuis vingt ans. Les pierres tombales y sont effritées et leurs inscriptions sont mangées par les lichens et les pluies. Certains monuments funéraires sont tombés en ruine. D'autres ont été engloutis par des effondrements partiels et n'émergent plus que quelques centimètres de pierre grise. Une sorte de brousse hâve[1] a envahi les allées, et les pelouses sont comme une jungle.

La municipalité, qui est pauvre et qui envoie maintenant ses morts dormir dans l'immense nouveau cimetière de l'Ouest, avait caressé l'espoir de convertir la vieille nécropole[2] en terrains industriels.

Mais les manufacturiers n'en voulurent point, étant aussi superstitieux sans doute que les banlieusards, qui, le soir, autour de leurs petits feux bourrés de coke[3], en entendant le vent se plaindre dans les ifs du cimetière de Saint-Guitton, racontent d'horribles histoires de revenants.

Il y a huit ans, la face des choses changea.

Peu de temps avant sa mort, la richissime duchesse Opoltchenka – noblesse russe ou bulgare – proposa à la ville d'acheter le cimetière désaffecté pour une somme fantastique, à la condition qu'elle pût y avoir sa tombe et qu'elle fût la dernière à y être inhumée.

Elle ajouta que le cimetière serait gardé nuit et jour par trois gardiens, aux frais desquels un legs pourvoirait[4]. Deux de ses anciens serviteurs étaient désignés, un troisième était à adjoindre. Je le répète, la ville était pauvre ; elle accepta d'emblée.

---

1. **Hâve** : amaigrie et pâle.
2. **Nécropole** : grand cimetière.
3. **Coke** : sorte de charbon.
4. **Pourvoirait** : fournirait le nécessaire, ici : assurerait le paiement.

Aussitôt une foule d'ouvriers s'occupa d'ériger dans le coin le plus reculé du cimetière un mausolée[1] vaste comme un petit palais, et le mur d'enceinte fut triplé de hauteur et hérissé de hallebardes[2] de fer.

À peine achevé, le mausolée reçut la dépouille de la duchesse. Le monde n'avait vu dans tout cela qu'une pointe d'originalité ; la millionnaire, s'étant fait enterrer avec des joyaux d'une immense valeur, voulait mettre sa dernière demeure à l'abri des détrousseurs de tombes.

Et voici mon histoire :

Les deux gardiens m'ont fait excellent accueil.

Ce sont des colosses à la mine de bouledogues. Pourtant ils doivent être de braves gens car j'ai vu leur joie et leur énorme satisfaction devant mon bel appétit, et seuls les braves cœurs sourient à l'appétit des misérables.

En entrant en fonctions j'ai dû jurer la rigoureuse observance du règlement : Ne pas quitter le cimetière pendant la durée de mon engagement – une année –, n'avoir aucun rapport avec l'extérieur, ni chercher à en avoir. Ensuite, ne jamais approcher du mausolée de la duchesse.

Velitcho, qui est strictement affecté à la surveillance de ce coin du cimetière, m'apprit que sa consigne était de faire feu sur n'importe qui s'approchait de la tombe.

Ce disant, il braqua négligemment sa carabine sur une lointaine rainure de peuplier où sautillait une ombre minuscule. Le coup partit et un geai au plumage piqué d'azur dégringola.

Velitcho était un tireur remarquable.

Il le prouvait du reste tous les jours, car le cimetière fourmillait de lapins sauvages, de gros ramiers au duvet opalin[3], et même de faisans qui fuyaient parfois, rapides, dans l'ombre des fourrés.

1. **Mausolée** : tombeau somptueux.
2. **Hallebardes** : anciennes armes tranchantes.
3. **Ramiers au duvet opalin** : gros pigeons dont le duvet a la couleur laiteuse de l'opale.

Ossip, le second gardien, le seul qui sortait du cimetière pour aller aux provisions, nous confectionnait d'exquis petits plats de gibier. Oh ! je me rappelle une étonnante galantine de volaille, figée dans un jus doré et qui fondait dans la bouche, onctueuse crème de viandes tendres, de truffes, de pistaches, de piments et de graisse fine.

Mes journées se passent à manger et à me promener dans le mélancolique parc qu'est devenu le cimetière.

J'ai emprunté une carabine à Velitcho mais, piètre tireur, je ne parviens qu'à éveiller par-ci et par-là un écho qui passe alors, pendant quelques secondes, comme une pauvre plainte entre les tombes oubliées.

Le soir, dans notre petite salle de garde, nous nous réunissons autour du poêle calorifère, dont l'œil rouge de mica rougeoie malicieusement.

Au-dehors, il n'y a que le vent et les ténèbres : Ossip et Velitcho parlent peu.

Leurs visages tournés de trois quarts vers la haute fenêtre badigeonnée de nuit, ils semblent toujours aux écoutes, et ces grosses figures de chiens de garde semblent refléter l'angoisse.

Pourquoi ?

Je souris à la superstition de leurs âmes frustes[1], et, en ces moments, je me sens supérieur à eux. Oui, pourquoi l'effroi ? Au-dehors il n'y a que l'obscurité des nuits d'hiver, que la plainte aigre du vent.

Parfois, haut dans le ciel, des rapaces nocturnes crient à la mort, et lorsque la lune se tient petite et brillante dans le coin de la plus haute vitre, j'entends les pierres se fendre par le gel.

Vers minuit, Ossip nous prépare une boisson chaude qu'il appelle « chur » ou « skur ».

C'est un breuvage presque noir, fleurant bon les plantes étranges. J'en bois avec un plaisir extrême ; à peine la dernière gorgée

1. **Frustes** : incultes, grossières.

est-elle avalée qu'une exquise chaleur me pénètre ; j'éprouve un sentiment de bien-être inouï, je voudrais rire et parler, ne serait-ce que pour demander une seconde tasse. Mais voilà que je ne le puis pas, une roue multicolore se met à tourner devant mes yeux et je n'ai que le temps de me jeter sur mon lit de camp, pour m'endormir aussitôt.

Non, je ne crains pas la nuit du cimetière. Ce que j'appréhende, c'est l'ennui, et c'est ce qui m'a conduit à tenir mon journal ou plutôt à noter mes impressions car ce n'est pas, à proprement parler, un journal puisqu'il ne porte ni jour ni date.

C'est de ce cahier que j'extrais tous les passages relatifs à mon effrayante aventure, monsieur le Juge d'Instruction. Je n'ai pas voulu vous astreindre[1] à lire les poétiques descriptions de tombes encapuchonnées de neige, ni mes idées sur Grieg et sur Wagner[2], ni mes préférences littéraires, ni mes élucubrations[3] philosophiques sur la peur et la solitude.

Ossip et Velitcho me gâtent ! Que d'admirables menus !

Dire que l'autre jour, comme je n'avais pas montré le même appétit qu'aux autres repas, ils marquèrent une inquiétude presque ridicule.

Velitcho a reproché à son compagnon, dans des termes d'une violence exagérée, de n'avoir pas soigné le repas comme de coutume.

Depuis, Ossip ne fait que me consulter sur mes préférences. Ah ! les braves gens.

À ce régime, je devrais grossir comme une caille. Il n'en est rien. C'est curieux, par moments, je me trouve une mine extrêmement souffreteuse.

---

1. **Astreindre** : obliger.
2. **Edvard Grieg** (1843-1907), **Richard Wagner** (1813-1883) : compositeurs de musique classique.
3. **Élucubrations** : divagations, raisonnements peu sensés.

Hier, j'ai eu une première impression de peur. Pourtant, je dois avouer qu'il n'y avait matière qu'à un sursaut désagréable. Entre chien et loup, comme je sortais d'une petite allée transversale, un cri affreux a déchiré le silence. Il me semble avoir vu Velitcho sortir de la maison de garde et s'enfoncer en courant dans les taillis.

Lorsque je suis arrivé au poste, j'ai vu Ossip surveiller attentivement les fourrés assombris ; comme je lui ai demandé ce qu'était cet appel, il m'a répondu que c'était un courlis[1]. Le lendemain, Velitcho m'en rapporta un qu'il avait tué.

Drôle de petite bête à l'immense bec long comme une dague et quelle vilaine clameur pour un oiseau, pourtant gracieux ! J'ai ri en palpant son duvet cendré, mais mon rire a sonné faux et mon impression d'angoisse ne s'est pas dissipée complètement, comme je l'aurais voulu.

Décidément ma santé n'est pas aussi brillante qu'elle devrait l'être. Pourtant je mange comme un loup et Ossip se surpasse. Mais, le matin, une bizarre torpeur me tient encore au lit, alors que le soleil joue sur le carreau, que j'entends le coup de fouet de la carabine de Velitcho et le tintamarre des casseroles d'Ossip.

Une sourde douleur me tenaille la peau derrière l'oreille gauche. En regardant de près au miroir, je découvre une légère rougeur autour d'une minuscule boursouflure de chair vive. C'est une petite plaie de rien du tout, mais elle me fait bien mal…

Aujourd'hui comme je battais les taillis, à l'affût de quelque ramier ou d'une bécasse, quelque chose a bougé dans les branches proches : j'ai vu un splendide coq-faisan poussant sa tête fine entre deux brindilles. L'occasion étant trop belle, je tirai. La bête blessée s'enfuit devant moi, une aile pendante.

Bravement, je m'élançai et une poursuite assez longue commença. Soudain je m'arrêtai, abandonnant ma proie. Je venais

1. **Courlis** : oiseau échassier au long bec courbe.

d'entendre une voix. Elle était rauque et plaintive. Des mots dans une langue inconnue sonnaient lamentables et presque suppliants.

Je regardai autour de moi; derrière une lourde haie de cyprès et de sapins se profilait une masse sombre: le tombeau de la duchesse.

J'étais en terrain défendu.

Me rappelant l'avertissement de Velitcho, je battis en retraite, juste à temps pour voir ce dernier sortir du bosquet des conifères, nu-tête et pâle comme un mort.

Le soir, comme je l'observais, je vis une longue strie[1] livide sur la chair de sa joue droite; il me sembla qu'il faisait des efforts pour la cacher à mes regards.

Il n'est pas loin de minuit; mes deux compagnons jouent aux dés; tout à coup, mon cœur s'arrête, glacé de frayeur. Près de la maison, tout près, le courlis a crié.

Oh! l'affreuse clameur!

On dirait que tout le cimetière de Saint-Guitton crie son horreur.

Velitcho est resté immobile comme une statue, le cornet de cuir aux doigts; Ossip, avec un cri sourd, s'est rué vers le réchaud où le «chur» chauffait. Il m'a vraiment poussé la tasse dans les doigts, et j'ai vu que sa main tremblait…

Oh! comme j'ai mal! La boursouflure rose derrière mon oreille s'est agrandie. Au centre, la petite plaie, plus profonde, saigne.

Oh! j'ai mal! j'ai mal! j'ai mal!

Hier, je me suis promené le long de la muraille de clôture, côté est. C'est un endroit sinistre où je ne m'étais jamais aventuré.

1. **Strie** : balafre, coupure.

Une haute haie de houx attira mes regards, elle allait de la muraille est à la muraille nord, clôturant ainsi un lopin de terre triangulaire qui échappait à ma vue.

Quelle étrange appréhension me fit souhaiter de voir l'espace isolé de la sorte? Cela me fut très difficile, car la haie était épaisse et chaque feuille de houx était une petite main griffue qui me lacérait la peau. Il n'y avait rien dans l'enclos, si ce n'est huit croix dont la vétusté[1] allait pour ainsi dire en gradation régulière; ainsi la première était pourrie et lavée par des pluies, la huitième semblait toute fraîche…

C'étaient comme des tombes nouvelles…

Cette nuit-là, j'eus un sommeil hanté de cauchemars, j'eus l'impression d'un poids énorme m'écrasant la poitrine et, dans ma torpeur, ma plaie me faisait atrocement souffrir.

Oh ! j'ai peur…

Quelque chose se passe; comment ne l'ai-je pas remarqué plus tôt?

Ni Ossip ni Velitcho ne boivent le «chur»; ce matin ils ont oublié les trois tasses sur la table, seule la mienne contenait des restes de breuvage, la leur était nette !

Je dois dormir !

Ce soir, je veux rester éveillé, je veux voir; j'ai bu le «chur»; je suis couché sur le lit de camp; je ne veux pas dormir, je ne veux pas, de toute ma volonté, de toutes les forces de mon cerveau. Oh ! la terrible lutte contre ce sommeil de plomb et de fer !

Ossip et Velitcho me regardent. Ils croient que je dors. Je résisterai encore une minute, une seconde peut-être…

Horreur ! le courlis a crié près de la fenêtre.

Oh ! quelque chose d'atroce, d'épouvantable s'est passé… ! Là… contre la vitre, un visage d'enfer s'est collé… De terribles yeux

1. **Vétusté** : délabrement.

vitreux, des yeux de cadavre, des cheveux d'un blanc de neige, hérissés comme des lances, et une bouche immense ricanant sur des dents noires, une bouche rouge comme du feu, ou comme du beau sang qui coule. Puis la roue de feu a tourné dans ma tête et le sommeil est venu, et les cauchemars.

Je bois le « chur », je le bois tous les soirs. Ils me gardent comme des tigres et je sens que toutes les nuits quelque chose d'atroce se passe.

Quoi ? Je l'ignore ; je ne peux plus penser, je ne peux que souffrir…

Quelle force mystérieuse m'a poussé de nouveau vers l'enclos des croix ?

Comme je m'apprêtais à partir, mes yeux se sont attachés à un bout de bois dépassant de terre à côté de la huitième croix. Machinalement, je l'ai retiré ; c'était une planche portant quelques mots malhabilement écrits.

L'inscription avait beaucoup souffert, mais j'ai pu lire quand même :

Ami, si tu ne peux pas fuir, ceci sera la place de ta tombe. Ils en ont tué sept. Je serai le huitième, car je n'ai plus de force, je ne sais ce qui se passe ici. C'est un horrible mystère. Fuis !

Pierre Brunen.

Pierre Brunen ! Je me rappelle, c'est le nom de mon prédécesseur. Les huit croix indiquent les tombes des gardiens adjoints qui se sont succédé depuis huit années…

J'ai tâché de fuir ; j'escaladai le mur nord à un endroit où j'avais découvert quelques aspérités.

Déjà les hallebardes du faîte[1] se rapprochaient de moi, lorsque soudain, à deux pouces de ma main, une pierre éclata, puis une

1. **Faîte** : sommet.

autre, puis une autre encore. Au bas du mur, Velitcho m'ajustait froidement de sa carabine, et ses yeux avaient l'éclair glacé du métal, celui dont on fond les cloches qui sonnent le glas des morts.

Je suis retourné à l'enclos des croix. À côté de celle de Brunen *s'ouvre une fosse fraîchement creusée.* C'est ma tombe prochaine.

Oh ! fuir ! souffrir la faim et le froid le long des routes hostiles, mais ne pas mourir dans ce mystère et dans cette horreur.

Mais ils me gardent et leurs regards se rivent à mes pas comme des chaînes.

J'ai fait une découverte. C'est peut-être le salut. Ossip verse dans le « chur » le contenu d'une fiole sombre.

Où peut-il la cacher ?…

J'ai trouvé la fiole !

J'en ai versé le contenu, un liquide incolore d'une odeur douce, dans leur thé…

J'agirai ce soir…

Le verront-ils ? Mon cœur, mon pauvre cœur, comme il bat !

Ils boivent ! Ils boivent ! Et j'ai du soleil dans l'âme.

Ossip s'est endormi le premier. Velitcho m'a regardé avec un étonnement immense, puis une lueur féroce a passé dans ses yeux et sa main a cherché son revolver, mais il n'a pu achever ce geste. Il est tombé endormi sur la table.

J'ai pris les clefs d'Ossip, mais comme j'ouvrais la lourde porte du cimetière, l'idée m'est venue que ma tâche n'était pas finie, qu'il y avait derrière moi une énigme à résoudre et huit morts à venger, et que, les gardiens vivants, je serais peut-être en butte à[1] d'infernales persécutions.

Je suis revenu, j'ai pris le revolver de Velitcho, j'ai appliqué le

1. **Serais en butte à** : serais exposé à.

canon derrière l'oreille des gardiens, et là, à la même place où ma petite plaie me fait tant souffrir, j'ai tiré…

Ils n'ont pas bougé.

Seul Ossip a eu un grand frisson.

Et seul, assis auprès des cadavres, j'attends le mystère de minuit.

Sur la table, j'ai disposé les trois tasses, comme tous les soirs.

J'ai mis les casquettes des gardiens sur la plaie rouge de leur tête ; vus de la fenêtre, on dirait qu'ils dorment.

L'attente commence. Oh ! comme les aiguilles de l'horloge glissent lentement vers minuit, l'ancienne heure terrible du « chur » !

Le sang des morts tombe goutte à goutte sur le carrelage, à petit bruit doux, comme celui des feuilles s'égouttant après une ondée de printemps.

Et le courlis a crié…

Je me suis couché sur mon lit de camp et j'ai feint le sommeil.

Et le courlis a crié plus près.

Quelque chose a froissé les vitres.

Silence…

La porte s'est ouverte très doucement.

Quelqu'un ou quelque chose est entré dans la chambre.

Quelle atroce odeur cadavéreuse !

Des pas glissent vers ma couche…

Et tout à coup, un poids formidable m'écrase.

Des dents aiguës mordent ma plaie douloureuse et d'atroces lèvres glacées sucent goulûment mon sang.

Avec un hurlement, je me redresse.

Et un hurlement plus hideux que le mien y répond.

Ah ! l'épouvantable vision, et comme il m'a fallu toute ma force pour ne pas défaillir !

À deux pas de ma figure, le visage de cauchemar apparu jadis à la fenêtre me fixe avec des yeux de flamme et, de la bouche, affreusement rouge, un filet de sang suinte. *Mon sang.*

J'ai compris. La duchesse Opoltchenka, issue des pays mystérieux où l'on n'a pu nier l'existence des lémures[1] et des vampires, a prolongé sa chienne de vie en buvant le sang jeune des huit malheureux gardiens !

Sa stupeur ne dura qu'une seconde. D'un bond, elle fut sur moi. Ses mains griffues fouillaient mon cou.

Rapidement le revolver cracha ses dernières balles, et avec un grand hoquet, qui éclaboussa les murs de sang noir, la vampire s'écroula sur le sol.

Et voilà, monsieur le Juge d'Instruction, pourquoi, à côté des cadavres de Velitcho et d'Ossip, vous trouverez celui de la duchesse Opoltchenka décédée il y a huit ans et inhumée au cimetière de Saint-Guitton.

---

1. **Lémures** : fantômes.

Arrêt sur lecture 1

Un quiz pour commencer

Cochez les bonnes réponses.

❶ *Dans « Le Gardien du cimetière », qui est le narrateur ?*

- ❒ Le juge d'instruction.
- ❒ Ossip.
- ❒ Un des gardiens du cimetière.

❷ *Combien y-a-t-il de cimetière à Saint-Guitton ?*

- ❒ Un.
- ❒ Deux.
- ❒ Trois.

❸ *Pourquoi la duchesse Opoltchenka achète-t-elle l'ancien cimetière ?*

- ❒ Pour le réhabiliter.
- ❒ Pour y faire construire sa tombe.
- ❒ Pour le reconvertir en terrains industriels.

❹ *De quoi Ossip est-il responsable ?*
- ❒ Du ravitaillement et de la cuisine.
- ❒ De la surveillance du cimetière.
- ❒ De l'entretien de la tombe de la duchesse.

❺ *Qu'est-ce que le « chur » ?*
- ❒ Un plat traditionnel.
- ❒ Une boisson.
- ❒ Une arme de chasse.

❻ *De quoi le narrateur se rend-il compte en se regardant dans le miroir ?*
- ❒ Qu'il a une plaie dans le cou.
- ❒ Qu'il n'a pas de reflet.
- ❒ Qu'il a beaucoup maigri.

❼ *Que découvre le narrateur dans l'espace caché par la haie de houx ?*
- ❒ Une chapelle.
- ❒ Un coq-faisan.
- ❒ Huit croix.

❽ *Quelle est la dernière personne à avoir été enterrée dans le cimetière ?*
- ❒ La duchesse.
- ❒ Pierre Brunen.
- ❒ Un villageois.

❾ *Comment le narrateur a-t-il tué la vampire ?*
- ❒ Il l'a empoisonnée.
- ❒ Il a tiré sur elle.
- ❒ Il l'a poignardée.

Des questions pour aller plus loin

Étudier l'irruption du surnaturel dans un récit fantastique

Une déposition singulière chez un juge

❶ Comment et pourquoi le narrateur est-il devenu gardien du cimetière de Saint-Guitton ?
❷ À qui s'adresse le narrateur dès le début de la nouvelle ? Pourquoi ?
❸ Quels sont les deux documents écrits cités par le narrateur ? À quoi ces documents servent-ils ?
❹ Dans les lignes 158 à 166, quel est le temps utilisé ? Pourquoi ?

Une aventure de plus en plus effrayante

❺ Quelles sont les particularités du cimetière de Saint-Guitton ?
❻ Du début de la nouvelle à la ligne 120, quel(s) sentiment(s) éprouve le narrateur ? Appuyez-vous sur des citations du texte pour justifier votre réponse.
❼ Dans les pages 16 à 20, relevez les signes qui créent une atmosphère de plus en plus inquiétante. Comment progressent les sentiments du narrateur ?
❽ De quoi le narrateur prend-il peu à peu conscience ?

Un vrai vampire

❾ Quel personnage s'avère être un vampire ? Quels sont les indices qui le prouvent ?
❿ En vous appuyant sur le texte, faites le portrait physique du vampire. Quelle impression ce portrait produit-il sur le lecteur ?
⓫ Quel rôle Ossip et Velitcho ont-ils joué dans la quête sanguinaire du vampire ?

⓬ À la page 21, à quoi le narrateur compare-t-il le sang ? En quoi cette comparaison est-elle surprenante ?
⓭ Quels animaux apparaissent dans la nouvelle ? Que symbolise le cri du courlis ?
⓮ Quels sont les éléments qui vous semblent attendus pour un récit de vampire ? Quels éléments vous paraissent être moins convenus ?

Rappelez-vous !
Le début d'une nouvelle fantastique est généralement ancré dans le réel. Puis, peu à peu, le surnaturel intervient. Le lecteur assiste à l'irruption brutale d'événements mystérieux ou surnaturels qu'il ne peut expliquer rationnellement.

De la lecture à l'écriture

Des mots pour mieux écrire

❶ ***Complétez chacune des phrases suivantes avec les mots qui conviennent et accordez-les ou conjuguez-les si nécessaire :*** appréhension, défaillir, épouvantable, s'enfuir, horreur, superstition.

a. À chaque rentrée des classes, cette élève ressentait une certaine _________ car elle craignait d'être séparée de ses amis.
b. L'enfant grimpa sur le plongeoir. Quand il se retrouva au-dessus du vide, il se sentit _________ .
c. Les cauchemars sont souvent peuplés de visions _________ .
d. Effrayée par les mouvements du sol, la foule _________ de façon désordonnée.

e. La peur de croiser un chat noir correspond à une _________ très ancienne.
f. Certaines personnes adorent avoir peur ; c'est pourquoi elles aiment les films d'_________ .

❷ ***Classez les adjectifs suivants selon qu'ils sont valorisants ou dévalorisants. Choisissez-en quatre et employez chacun d'eux dans une phrase qui en éclairera le sens :*** **sinistre, brave, excellent, piètre, admirable, exagéré, souffreteux, splendide, atroce, hideux.**

À vous d'écrire

❶ Lors de la déclaration du gardien du cimetière, le juge est accompagné de deux assistants. Imaginez le dialogue de ces deux personnes à la suite de l'audition.
Consigne. Vous donnerez à chacun des deux assistants une opinion marquée : l'un croit à la réalité des faits racontés, l'autre non. Vous utiliserez les mots appartenant au champ lexical de la peur et respecterez les règles de présentation du dialogue.

❷ Vous êtes journaliste à Saint-Guitton. Vous rédigez un article consacré à l'affaire du cimetière pour la rubrique « Faits divers » du journal régional.
Consigne. D'une trentaine de lignes, votre article comportera un titre et un chapeau introductif.

Du texte à l'image

➡ Détail de l'affiche du film *Le Cauchemar de Dracula* de Terence Fisher avec Christopher Lee, 1958.
(Image reproduite en couverture.)

Lire l'image

❶ Décrivez avec précision l'image de la couverture.

❷ Quel type de cadrage a été choisi pour cette image ? Quel est l'effet produit ?

❸ Le vampire vous paraît-il effrayant ou effrayé ?

Comparer le texte et l'image

❹ Quels motifs de la nouvelle « Le Gardien du cimetière », cette couverture met-elle en valeur ? Quels détails n'illustre-t-elle pas ?

❺ À votre avis, que regarde le vampire ?

❻ Retrouvez un passage de la nouvelle que cette image pourrait illustrer.

À vous de créer

❼ Créez une bulle traduisant les pensées du vampire de la couverture.

❽ Réalisez une couverture pour « Le Gardien du cimetière » de Jean Ray. Vous penserez à intégrer le titre et le nom de l'auteur.

La Cape

de Robert Bloch

1939

Le soleil, mourant, se traînait vers sa tombe au-delà des collines, au milieu d'un ciel tout éclaboussé de son sang. Le souffle d'un vent impitoyable pressait vers le couchant les feuilles séchées de la morte-saison, comme pour les envoyer aux funérailles de l'astre agonisant.

– Balivernes, se dit Henderson, et il cessa de penser.

Le soleil se couchait dans un ciel plein de taches rouges et un sale vent froid chassait des feuilles à moitié pourries dans un caniveau malpropre. Pourquoi perdre son temps à faire de la poésie de quatrième catégorie ?

– Balivernes, dit encore Henderson.

Au fond, c'était une humeur de circonstance, songea-t-il. Après tout, on était à la veille de la Toussaint : ce soir commençait la redoutable nuit des morts, la nuit au cours de laquelle les esprits se promènent et les squelettes se dressent hors de leurs tombes en criant.

Et si ce n'était pas cela, c'est que tout simplement une nouvelle soirée d'automne s'annonçait, froide et désagréable. Henderson soupira. Il y eut une époque, se dit-il, où l'approche de cette nuit signifiait quelque chose. Une Europe de ténèbres, gémissant d'une terreur superstitieuse, dédiait cette date aux figures grimaçantes de l'Inconnu. Des milliers de portes se barricadaient contre les visiteurs maudits, des milliers de bouches murmuraient des prières, des milliers de bougies brûlaient… Cela avait quelque chose de majestueux, songea Henderson. Dans ce temps-là, la vie était une aventure. Les hommes vivaient dans la crainte de ce qu'ils risquaient de rencontrer la nuit suivante, au détour du chemin. Leur monde était peuplé de démons, de goules, d'élémentaux[1] à la poursuite de leurs âmes – et, grands dieux, à cette époque-là l'âme était quelque chose qui existait. Le nouveau scepticisme[2] des temps modernes avait détruit le sens profond de la vie. Aujourd'hui, les hommes ne révéraient plus leur âme.

– Balivernes, répéta de nouveau Henderson, par automatisme.

Il y avait quelque chose de brutal, de très vingtième siècle dans cette expression triviale[3] par laquelle il stoppait toujours les envolées introspectives de son imagination.

La voix qui, dans son esprit, disait « Balivernes » prenait pour lui la place de l'humanité – de cette humanité courante, qui eût exprimé le même sentiment si elle avait pu entendre le secret de ses pensées. C'est pourquoi Henderson prononçait le mot et s'efforçait d'oublier du même coup ses problèmes et les taches pourpres du ciel.

S'il se trouvait dans cette rue au coucher du soleil, c'est qu'il devait acheter un travesti pour le bal costumé de ce soir, et il ferait beaucoup mieux de tâcher de trouver le costumier avant l'heure de fermeture que de perdre son temps à rêvasser à propos de la Toussaint.

Ses yeux scrutèrent les ombres de plus en plus épaisses des immeubles mal entretenus qui s'élevaient de chaque côté de l'étroite ruelle. Une fois de plus, il jeta un coup d'œil à l'adresse qu'il avait griffonnée sur un bout de papier après l'avoir trouvée dans l'annuaire des téléphones.

Pourquoi diable les gens n'éclairaient-ils pas leurs magasins une fois qu'il commençait à faire sombre ? Il n'arrivait pas à lire

1. **Goules** : femmes vampires; **élémentaux** : créatures qui tirent leur énergie vitale d'un des éléments (feu, eau, terre, air).
2. **Scepticisme** : refus d'adhérer à des croyances.
3. **Triviale** : ordinaire, banale.

les numéros. Bien sûr, c'était un quartier pauvre et délabré, mais tout de même…

Tout à coup, Henderson repéra l'endroit, sur le trottoir d'en face, et commença à traverser la rue. En arrivant à hauteur de la vitrine, il regarda à l'intérieur. Les derniers rayons du soleil passaient par-dessus le toit de l'immeuble opposé et tombaient en plein sur la vitrine et son étalage. Henderson aspira une grande bouffée d'air.

C'était une boutique de costumier, et pas une crevasse ouverte sur l'enfer. Alors pourquoi y voyait-il un brasier tout rouge, éclairant des faces grimaçantes de démons ?

– C'est le soleil couchant, marmonna-t-il à haute voix.

C'était évident, et les visages n'étaient que des masques, qu'il semblait tout à fait normal de voir exposés en ce genre d'endroit. Il n'empêche, il y avait de quoi faire sursauter quiconque avait un peu d'imagination. Il ouvrit la porte et entra.

L'endroit était obscur et silencieux. Il flottait dans l'air une odeur de solitude, cette odeur caractéristique des endroits dont le calme n'est pratiquement jamais troublé : les tombeaux, les sépultures perdues au fond des bois, les grottes au creux de la terre…

– Balivernes !

Que diable lui arrivait-il ? Henderson adressa aux ténèbres désertes qui l'entouraient un sourire confus. Cette odeur était bien celle d'une boutique de costumier, et elle lui rappelait l'époque où, étudiant, il avait fait du théâtre en amateur. Il connaissait bien ces relents de naphtaline[1], de fourrures en décrépitude, de crayons gras et de fards. Il avait joué Hamlet et avait tenu entre ses mains un crâne au large sourire[2], un crâne dont les orbites vides contenaient tout le savoir humain – et qui venait de chez un fripier.

---

1. **Relents de naphtaline** : odeurs persistantes d'un produit antimite.
2. Allusion à une scène de la tragédie de Shakespeare où Hamlet examine des crânes dans un cimetière.

Maintenant qu'il se trouvait de nouveau chez un costumier, le souvenir de ce crâne lui donnait des idées. Après tout, c'était la Toussaint qu'on allait célébrer. Il n'allait pas, dans l'humeur qui était la sienne, se costumer en maharadjah, en Turc ou en pirate. Il n'y avait rien de moins original. Pourquoi ne pas se travestir en démon, en sorcier ou en loup-garou ? Déjà, il imaginait la tête de Lindstrom quand il entrerait dans son élégant penthouse[1], vêtu de haillons. Cela lui donnerait une attaque, à lui comme à ses invités si chics dans leurs coûteux atours[2] de chez Elsa Maxwell. Henderson n'aimait pas beaucoup tous ces amis sophistiqués de Lindstrom, de toute façon – tous des émules de Noël Coward[3] et des précieuses[4] ruisselantes de bijoux. Pourquoi ne pas se conformer à l'esprit de la Toussaint, et se présenter en monstre ?

Toujours dans la pénombre, Henderson attendait que quelqu'un allume les lumières et sorte de la pièce du fond pour le servir. Au bout d'une minute environ, il commença à perdre patience et frappa quelques coups secs sur le comptoir.

– Il y a quelqu'un ?

Silence. Puis des frôlements lui parvinrent de l'arrière-boutique, plutôt désagréables à entendre ainsi dans le noir. Ensuite, un grand coup retentit d'en bas, suivi d'un bruit de pas très lourds. Soudain, Henderson sursauta. Quelque chose de noir sortait du plancher !

Bien entendu, ce n'était que la trappe de la cave que l'on était en train de soulever, et bientôt un homme se traînait derrière le comptoir, une lampe à la main. La lumière faisait clignoter ses yeux encore endormis.

---

1. **Penthouse** : appartement luxueux édifié sur le toit d'un immeuble.
2. **Atours** : vêtements, parures.
3. **Émules de Noël Coward** : personnes qui veulent égaler ou surpasser Noël Coward (1899-1973), acteur et dramaturge anglais.
4. **Précieuses** : femmes raffinées.

L'homme sourit et son visage jaunâtre se couvrit de mille rides.

– Je m'étais assoupi, je crois, dit-il doucement. Que puis-je pour vous, monsieur ?

– Je cherche un costume pour le bal de la Toussaint.

– Très bien. Que souhaiteriez-vous ?

Sa voix paraissait lasse, infiniment lasse, et ses yeux continuaient à papilloter dans son visage jaune et flasque.

– Quelque chose qui ne soit pas courant, en tout cas. Vous voyez, j'aimerais assez un déguisement de monstre. Vous n'avez peut-être rien de ce genre-là ?

– J'aurais quelques masques à vous montrer.

– Non. Je préférerais par exemple un costume de loup-garou ou autre chose du même style. Qui fasse authentique.

– Ah bon. *Authentique.*

– Oui. (Pourquoi donc ce vieux crétin accentuait-il tellement le mot ?)

– J'ai peut-être… Oui, je crois que j'ai exactement ce qu'il vous faut, monsieur. (Ses yeux clignotaient, mais sa bouche sans lèvres se tordait en un sourire.) Exactement ce qu'il faut pour fêter la nuit des morts.

– C'est-à-dire ?

– Avez-vous jamais envisagé la possibilité de devenir un vampire ?

– Comme Dracula ?

– Oh… oui, sans doute… comme Dracula.

– Ce n'est pas une mauvaise idée. Mais pensez-vous que j'ai le physique qu'il faut pour cela ?

L'homme l'examina sans se départir de son sourire crispé.

– Il y a des vampires de toutes les sortes, me semble-t-il. Cela ne vous irait pas mal.

– Merci pour le compliment, dit Henderson avec un petit rire. Mais pourquoi pas ? En quoi consiste le costume ?

– Le costume ? Tout simplement des vêtements de soirée, ce

que vous porteriez d'habitude. Et je vais vous donner une vraie cape de vampire.

– Rien qu'une cape, sans plus ?

– Rien qu'une cape. Mais on la porte comme un linceul[1]. D'ailleurs, elle est faite dans le même drap que les linceuls. Patientez un instant, je vais vous la chercher.

L'homme repartit de son pas traînant vers l'arrière de la boutique et descendit par la trappe. Henderson attendit. Il y eut de nouveau des bruits de coups, puis le vieil homme reparut avec la cape. Il la secouait dans l'ombre, pour la débarrasser de sa poussière.

– Voilà. Une cape garantie authentique.

– Garantie authentique ?

– Laissez-moi vous l'attacher. Elle fera merveille, j'en suis certain.

La lourde étoffe froide reposait, drapée, sur les épaules d'Henderson. Une légère odeur de moisi s'en exhalait. Il fit un pas en arrière pour se regarder dans le miroir. Malgré le peu de lumière, il vit que la cape transformait considérablement sa physionomie : son long visage paraissait plus mince, ses yeux ressortaient dans la pâleur de son teint qu'accentuait encore la couleur sombre de la cape qu'il portait. C'était un grand linceul noir.

– Garantie authentique, murmura le vieil homme. Il devait s'être approché subrepticement[2], car Henderson ne l'avait pas remarqué dans le miroir.

– Je la prends, dit Henderson. Combien ?

– Vous en serez très content, j'en suis sûr.

– Combien ?

– Oh, disons cinq dollars ?

– Voici.

1. **Linceul** : pièce de toile dans laquelle on ensevelit les morts.
2. **Subrepticement** : sans bruit.

Le vieillard prit l'argent, en clignant des yeux, et retira la cape à Henderson. Dès qu'elle eut glissé de ses épaules, celui-ci se sentit tout réchauffé. Il devait faire bien froid dans cette cave, la cape était glacée.

Le vieil homme l'emballa en souriant et la lui tendit.

– Je vous la rapporterai demain, dit Henderson.

– Ce n'est pas la peine. Vous l'avez achetée. Elle est à vous.

– Mais…

– Je vais bientôt me retirer des affaires. Gardez-la. Vous en aurez un meilleur usage que moi, sans nul doute.

– Mais…

– Je vous souhaite une agréable soirée.

Confus, Henderson marcha vers la porte, puis il se retourna pour saluer le vieux bonhomme aux paupières clignotantes.

De l'autre côté du comptoir, deux yeux ardents le fixaient dans la pénombre – deux yeux flamboyants qui ne cillaient pas.

– Bonsoir, dit Henderson, et il referma précipitamment la porte. Il se demanda s'il n'était pas en train de devenir légèrement dingue.

À huit heures, Henderson fut sur le point de téléphoner à Lindstrom pour lui dire qu'il ne pourrait pas venir. Chaque fois qu'il mettait la cape, il était immédiatement traversé par des frissons glacés et lorsqu'il se regardait dans la glace, ses yeux se brouillaient, au point qu'il arrivait à peine à deviner son reflet.

Mais quelques drinks[1] l'aidèrent à faire face à la situation. Il n'avait pas mangé et l'alcool lui réchauffait le sang. Il se mit à marcher de long en large en prenant des attitudes, faisant voler sa cape autour de lui et fronçant les sourcils de son air le plus féroce. Ah, mais c'est qu'il allait devenir un vampire pour de bon ! Il commanda un taxi et descendit dans le vestibule. Quand le chauffeur entra, il attendait, enveloppé dans sa cape noire.

1. **Drinks** : boissons alcoolisées.

– J'aimerais que vous me conduisiez, dit-il d'une voix basse.

Le chauffeur le regarda et pâlit.

– Qu'est-ce que c'est que ça ?

– C'est moi qui ai téléphoné, dit Henderson d'une voix gutturale[1] et, en même temps, il se sentait secoué d'un rire intérieur.

Il lança un regard méchant et rejeta en arrière les pans de sa cape.

– Ouais, ouais, ça va.

Le chauffeur du taxi sortit en courant presque, Henderson le suivit d'une démarche majestueuse.

– Où on va, patron ? Euh, pardon, monsieur ?

L'homme ne tourna pas vers Henderson son visage effrayé tandis que celui-ci énonçait l'adresse et s'asseyait à l'arrière.

Le taxi démarra avec une embardée[2] et Henderson se mit à ricaner – du ton caverneux qui convenait à son personnage. En entendant cela, le conducteur fut pris de panique et se mit à rouler à toute allure jusqu'à l'endroit indiqué par son client. Henderson riait aux éclats, le chauffeur impressionnable tremblait comme une feuille sur son siège. La course était assez longue et cependant – chose à laquelle il ne s'attendait pas le moins du monde – à peine Henderson eut-il mis pied à terre, que le chauffeur claqua la portière derrière lui et s'en alla en toute hâte sans se faire payer.

– Je dois avoir l'air convaincant, se dit-il avec satisfaction.

Et il prit l'ascenseur vers l'appartement que son ami habitait, tout en haut de l'immeuble.

Il y avait trois ou quatre autres personnes dans l'ascenseur. Henderson les avait déjà rencontrées à d'autres soirées où Lindstrom l'avait invité, mais personne ne sembla le reconnaître. Cela lui fit plutôt plaisir de constater qu'il lui suffisait de porter une cape un peu spéciale et de prendre un air faussement mauvais

1. **Gutturale** : rauque, grave.
2. **Embardée** : écart brusque.

pour transformer totalement sa personnalité et son aspect. Ici, les autres invités avaient revêtu des travestis fort élaborés : une des femmes portait un costume de bergère à la Watteau[1], une autre était habillée en danseuse espagnole, il y avait un homme de grande taille, vêtu en Paillasse[2], et un autre, en toréador. Et cependant, Henderson les reconnaissait tous. Il réalisait que tous ces coûteux atours n'étaient pas vraiment des déguisements, mais bien plutôt des artifices destinés à rehausser leur apparence. La plupart du temps, les gens qui allaient à des fêtes costumées en profitaient pour donner libre cours à des désirs refoulés[3]. Les femmes mettaient leur physique en valeur et les hommes accentuaient leur virilité – comme le toréador – ou faisaient le pitre. Cela faisait plutôt pitié, tous ces minables traditionalistes qui se débarrassaient avidement de leurs tristes vêtements de tous les jours et se précipitaient dans une loge, une troupe de théâtre amateur ou un bal masqué en vue de satisfaire leurs imaginations affamées. Pourquoi donc ces gens-là ne s'habillaient-ils pas de couleurs voyantes dans la rue ? Henderson se posait souvent la question.

Il fallait reconnaître que tous ces mondains, dans l'ascenseur, étaient fort beaux dans leurs costumes – les hommes comme les femmes, avec leur visage si coloré, semblaient tellement sains et pleins de vitalité. Ils possédaient des cous et des gorges extrêmement vigoureux. Henderson regarda les bras potelés de la femme qui était à côté de lui. Sans s'en rendre compte, il les fixa pendant un long moment. Et soudain, il vit que tous les occupants de l'ascenseur s'étaient écartés de lui. Ils étaient serrés dans un coin, comme effrayés par sa cape, son air menaçant et son regard fixé sur la femme. Leur bavardage avait cessé tout d'un coup. La femme le regardait, comme sur le point de parler

1. **Antoine Watteau** (1684-1721) : peintre français.
2. **Paillasse** : clown.
3. **Désirs refoulés** : désirs que l'on veut taire, se cacher à soi-même.

– et à ce moment-là, les portes de l'ascenseur s'ouvrirent, offrant à Henderson un répit fort bienvenu.

Que diable se passait-il ? D'abord le chauffeur de taxi, à présent cette femme… Avait-il trop bu ?

Pas le temps d'envisager cette éventualité. Voilà Marcus Lindstrom qui arrivait et fourrait un verre dans les mains d'Henderson.

– Que représentes-tu ? Ah, un Père Fouettard !

Il n'était pas nécessaire d'y regarder par deux fois pour découvrir que Lindstrom était déjà passablement ivre, comme c'était son habitude en pareille occasion. Le gros maître de maison nageait littéralement dans l'alcool.

– Voici à boire, Henderson, mon vieux ? Vas-y, moi je trinquerai à la bouteille. Faut dire que ton costume m'a donné un choc. Où as-tu trouvé un maquillage pareil ?

– Un maquillage ? Mais je ne suis pas maquillé.

– Oh, vraiment ? Euh… suis-je bête !

Henderson se demanda s'il était fou. Lindstrom avait-il effectivement fait un pas en arrière ? Était-ce bien de l'épouvante qu'il lisait dans ses yeux ?

– Je… À plus tard, balbutia Lindstrom en reculant – et il se tourna précipitamment vers de nouveaux arrivants.

Henderson observa l'arrière du cou de Lindstrom. Un cou gras et blanc. Il débordait par-dessous le col de son costume, et on y voyait une veine. Une veine dans le gros cou de Lindstrom. Pauvre Lindstrom, il avait eu bien peur !

Henderson se trouva seul dans le hall d'entrée. Du salon venaient des bruits de musique et de rires. Des rumeurs de soirée mondaine. Hésitant à entrer, il but au verre qu'il avait à la main. Du rhum Bacardi, et du fort. Après tous les autres drinks qu'il avait déjà pris, cela lui fit presque tourner la tête. Pourtant, il continua à boire en se posant des questions. Que lui était-il arrivé, qu'est-ce qui clochait dans son costume ? Pourquoi effrayait-il les gens ? Était-il inconsciemment en train de jouer son rôle de vampire ? Et puis la gaffe de Lindstrom à propos de son maquillage…

Mû[1] par une impulsion subite, Henderson marcha vers le haut miroir mural du hall. Après avoir titubé quelque peu, il se retrouva devant lui, en pleine lumière. Il faisait face à la glace, il y regardait de tous ses yeux – et il ne voyait rien.

Il était occupé à se regarder dans ce miroir et il n'y voyait personne !

Il se mit à rire doucement, d'un rire mauvais, guttural. Et tandis qu'il continuait à fixer le miroir vide, sans reflet, son rire s'amplifia, plein d'une noire allégresse.

– Je suis saoul, chuchota-t-il. Je dois sûrement être saoul. Déjà, dans mon appartement, mes yeux s'embuaient devant le miroir. Et à présent, c'en est au point que je n'y vois plus rien. J'ai certainement trop bu. Je me suis comporté comme un idiot, à effrayer les gens. Maintenant, je vois des hallucinations – ou plutôt, je ne les vois pas. J'ai des visions. Je vois des anges. Sa voix baissa. Mais oui, des anges… J'en vois un juste derrière moi, là. Salut, ange.

– Salut.

Henderson se retourna en un éclair. Elle était là, vêtue d'une cape foncée. Sa chevelure formait un halo resplendissant qui encadrait un visage blanc et fier. Des yeux d'un bleu de paradis, des lèvres d'un rouge d'enfer.

– Êtes-vous réelle ? demanda gentiment Henderson. Ou bien suis-je fou pour croire aux miracles ?

– Ce miracle-ci s'appelle Sheila Darrly et si cela ne vous dérange pas, il voudrait bien se poudrer le nez.

– Ayez donc la bonté d'utiliser ce miroir, qui vous est offert avec les compliments de Stephen Henderson, répondit l'homme à la cape avec un large sourire.

Et il recula de quelques pas, sans la quitter des yeux.

La jeune fille tourna la tête et lui adressa un sourire lent et espiègle.

– Serait-ce la première fois que vous voyez quelqu'un se mettre de la poudre ? demanda-t-elle.

1. **Mû** : animé.

– J'ignorais que les anges se servaient de produits de beauté, répondit Henderson. Mais il y a en fait énormément de choses que j'ignore au sujet des anges. À partir de maintenant, je vais me consacrer à une étude approfondie de ce qu'ils sont. Il y a tant à découvrir ! Attendez-vous donc à me voir vous suivre pas à pas toute la soirée, un bloc-notes à la main.

– Un bloc-notes, pour un vampire ?

– Oh, mais je suis un vampire très intellectuel ! Pas du tout pareil à ces rustres des forêts de Transylvanie. Vous me trouverez charmant, à n'en pas douter.

– En effet, vous avez l'air plutôt sûr de vous, railla la fille. Mais un ange avec un vampire, cela me paraît une étrange combinaison.

– Nous pourrions nous corriger l'un l'autre, remarqua Henderson. D'ailleurs, je vous soupçonne d'avoir quelque chose d'un diable au fond de vous-même. Cette cape noire par-dessus votre robe d'ange – sombre angelot, vraiment. Au lieu de descendre du ciel, vous pourriez très bien venir du même endroit que moi.

Henderson jouait au désinvolte, mais sous ce masque badin, ses pensées tourbillonnaient comme un vrai cyclone. Il se rappelait certaines discussions passées, certaines remarques cyniques[1] qu'il avait faites – et auxquelles il avait cru.

Jadis, il avait déclaré que le coup de foudre n'existait pas, sinon dans les livres et les pièces de théâtre, où il était employé comme subterfuge[2] pour faire avancer l'action. Il avait affirmé que c'étaient les livres et les pièces de théâtre qui rendaient les gens romantiques au point de croire en la possibilité du coup de foudre – alors que la seule chose que l'on pouvait ressentir était un désir.

Et voilà que cette Sheila, cet ange blond, était apparue et qu'elle lui avait sorti de l'esprit toutes ses pensées morbides, ses idées de boisson, de folie, de miroirs sans reflets, pour le plonger dans

1. Cyniques : qui expriment des opinions qui choquent le sentiment moral ou les idées reçues.
2. Subterfuge : stratagème, ruse.

des rêves éperdus de lèvres rouges, d'yeux d'un bleu éthéré, et de délicats bras blancs.

Une part de ses sentiments s'exprimait dans le regard de Henderson, et lorsque la jeune fille leva les yeux vers lui, elle comprit la vérité.

– Eh bien, souffla-t-elle, j'espère que l'inspection est satisfaisante.

– Voilà ce qui s'appelle être à des kilomètres en dessous de la vérité. Mais il y a un détail particulier que je souhaiterais approfondir à propos des êtres divins : les anges dansent-ils ?

– Que voilà un vampire galant ! On passe à côté ?

Bras dessus, bras dessous, ils entrèrent dans le salon. La fête battait son plein. L'alcool avait déjà porté la gaieté à son comble, mais plus personne ne dansait. De petits groupes bruyants de couples enlacés étaient dispersés de-ci de-là dans la pièce, dans les coins, les joyeux lurons que l'on retrouve dans toutes les soirées faisaient leurs éternelles plaisanteries – bref, le règne du superficiel : tout ce qu'Henderson détestait.

Par réaction à cela, il se redressa de toute sa hauteur et fit voler sa cape autour de ses épaules. Par réaction, son visage reprit son air patibulaire[1]. Par réaction, il se mit à arpenter le salon dans un silence morbide. Sheila paraissait trouver tout cela très amusant.

– Joue-leur un tour de vampire, lui dit-elle en gloussant, et elle s'accrocha à son bras.

Henderson regarda les hommes d'un œil méchant – et les femmes, avec un ricanement horrible. Et à mesure qu'il s'avançait, les têtes se tournaient, les conversations s'interrompaient net. Il traversa toute la longueur de la pièce, comme la Mort Rouge[2] en personne. Des chuchotements naissaient sur son sillage :

---

1. **Patibulaire** : inquiétant, sinistre.
2. **Mort Rouge** : peste ; référence à la nouvelle fantastique *Le Masque de la mort rouge* d'Edgar Allan Poe (1809-1849).

– Qui est cet homme ?

– Nous sommes montés en même temps que lui dans l'ascenseur, et il…

– Ses yeux !…

– Un vampire !…

– Bonjour Dracula !

C'était Marcus Lindstrom, accompagné d'une brune au visage maussade, costumée en Cléopâtre. Ils s'avançaient en titubant vers Henderson. Lindstrom tenait à peine debout et sa compagne de beuverie en était au même point que lui. Henderson, qui appréciait Lindstrom lorsqu'il était sobre, au club, avait toujours été agacé par sa façon de se conduire dans les soirées. Et ce soir, Lindstrom était particulièrement désagréable, car son état le rendait grossier.

– Ma chérie, faut que je te présente un de mes amis les plus chers. Hé oui, pour célébrer la nuit des morts et tout le truc, j'ai invité le comte Dracula, avec sa fille. J'avais aussi invité la grand-mère, mais ce soir, elle devait aller au Grand Sabbat[1] avec Tante Jemina. Très cher comte, voici ma petite copine.

La jeune femme regarda Henderson de travers.

– Oooh, Dracula, que vous avez de grands yeux ! Oooh, et que vous avez de grandes dents ! Ooooh !…

– Enfin, Marcus, protesta Henderson – mais déjà son hôte se tournait et criait à l'assemblée :

– Les amis, je vous présente un phénomène extraordinaire : le seul vampire véritable vivant actuellement en captivité ! J'ai nommé : Dracula Henderson, le seul vampire au monde qui possède des fausses dents !

En n'importe quelle autre occasion, Henderson aurait envoyé à Lindstrom un coup de poing, rapide mais efficace, sur la mâchoire. Mais Sheila était auprès de lui, ils se trouvaient dans une réunion mondaine – il valait mieux prendre sur le ton de la blague les

1. **Grand Sabbat** : assemblée nocturne de sorciers et de sorcières.

malencontreuses plaisanteries de Lindstrom. Alors, pourquoi ne pas jouer au vampire ?

Après un sourire à la jeune fille, Henderson se dressa, fit face à la foule et fronça les sourcils. Ses mains effleurèrent les bords de sa cape. Étrange, celle-ci était encore froide. Baissant les yeux, il remarqua pour la première fois que la frange en était un peu sale – de la boue, ou de la poussière. Mais quand il ramena un des pans d'une longue main qu'il plaça en travers de sa poitrine, il sentit la soie glacée lui glisser entre les doigts. Cette sensation sembla l'inspirer. Il écarquilla les yeux et les fit flamboyer. Sa bouche s'ouvrit. Il se sentit plein d'une impression de puissance toute théâtrale. Il regarda le cou de Marcus Lindstrom, si tendre, si grassouillet, et la veine qui y battait. Ce cou... cette foule qui l'observait... Impossible de résister. Impossible de détacher ses regards de ce cou et de ses bourrelets palpitants.

Henderson se tourna et se rua, les deux mains en avant. Lindstrom émit un petit glapissement, pareil au cri d'effroi d'un rat. Lindstrom était un rat. Un gros rat blanc, tendre, gonflé de sang.

– Du sang frais...

C'était la voix d'Henderson, son timbre sépulcral[1].

Et c'étaient les mains d'Henderson. Ses mains qui à présent agrippaient le cou de Marcus Lindstrom, avides de sa chaleur, à la recherche de sa veine. Lindstrom commença à se débattre, mais Henderson, le visage incliné vers sa nuque, resserra son étreinte. La face de Marcus s'empourpra, un afflux de sang lui monta aux joues. Du sang ! Que c'était bon !

Henderson ouvrit la bouche et un souffle d'air tiède effleura ses dents. S'approchant plus encore de ce cou, il...

– Assez ! Cela suffit.

C'était Sheila qui le rappelait à l'ordre, tout en le prenant par

1. **Sépulcral** : qui évoque la mort.

le bras. Troublé, Henderson se redressa et lâcha prise. Lindstrom s'écroula, la bouche grande ouverte.

Tous les regards étaient tournés vers eux, empreints d'épouvante.

– Magnifique ! chuchota Sheila. Tu l'as fait mourir de peur. Mais il ne l'avait pas volé.

Il fallut quelques secondes à Henderson pour retrouver sa lucidité. Puis il se tourna et sourit à l'assistance.

– Mesdames et messieurs, le petit numéro que j'ai eu l'avantage de vous présenter avait pour but de vous démontrer la véracité des dires à notre hôte à tous ! Je suis effectivement un vampire. Vous voilà tous prévenus : je présume donc que personne n'aura plus rien à craindre. S'il se trouve un médecin parmi vous, sachez que je suis tout prêt à effectuer éventuellement une transfusion de sang.

L'atmosphère se détendit. Quelques rires fusèrent, d'abord teintés d'hystérie. Enfin, tout le monde s'esclaffa de bon cœur : la partie était gagnée. Seul, Marcus Lindstrom gardait braqué sur Henderson un regard rempli d'une terreur inexprimable. Il savait, lui.

À ce moment-là, l'un des boute-en-train de la soirée sortit en trombe de l'ascenseur et fit irruption dans la pièce, Il était allé emprunter la casquette et le tablier d'un marchand de journaux et se lançait dans la foule, un paquet de journaux sous le bras.

– Édition spéciale ! Édition spéciale ! Les dernières nouvelles de la soirée ! Le drame de la Toussaint ! Édition spéciale !

Hilares, les invités se mirent à lui acheter ses journaux. Une femme s'approcha de Sheila et Henderson les regarda s'éloigner, comme ébahi.

– À tout de suite, lui dit Sheila – et le coup d'œil qu'elle lui lança fit passer du feu dans ses veines.

Toutefois, il ne pouvait oublier la terrible sensation qui l'avait submergé à l'instant où il avait pris Lindstrom au collet. Pourquoi ?

Comme un automate, il prit le journal que le pseudo-marchand de journaux lui tendait en criant de plus belle.

« Le drame de la Toussaint », répétait-il. De quoi pouvait-il s'agir ?

Il examina les feuillets d'un œil brouillé.

Soudain, il recula, chancelant. La manchette ! C'était donc une véritable édition spéciale ! Henderson se mit à parcourir les colonnes avec une crainte grandissante.

Incendie chez un costumier… peu après vingt heures, les pompiers durent intervenir… des flammes d'une ampleur incontrôlable… boutique totalement détruite… dégâts estimés à… curieusement, le nom du propriétaire est inconnu… un squelette est découvert…

– Non ! s'exclama Henderson à voix haute.

Il lut et relut le passage avec attention. Le squelette avait été trouvé dans un coffre en terre, dans la cave qui se trouvait sous la boutique. Ce coffre était en fait un cercueil. Il y avait deux autres coffres, vides. Le squelette était drapé dans une cape qui avait résisté aux flammes…

Au bas de l'article se trouvait un encadré qui rapportait, sous un titre à sensation en caractères gras, les commentaires des témoins oculaires. Les voisins avaient toujours eu peur de ce magasin. On parlait de visiteurs hongrois, de vampirisme, d'étrangers qui entraient dans la boutique. Un homme avait entendu parler d'une secte qui y organisait des réunions. On tenait des propos superstitieux quant aux articles qui s'y vendaient : des philtres d'amour, des fétiches[1] étranges, des déguisements mystérieux.

Des déguisements mystérieux. Des vampires. Des capes… Ses yeux !

« C'est une cape garantie authentique. »

« Je n'en aurai plus besoin très longtemps. Gardez-la. »

Le souvenir de ces paroles traversait le cerveau de Henderson en hurlant. Il se précipita hors de la pièce et courut vers le miroir mural.

---

1. **Fétiches** : objets auxquels on attribue un pouvoir magique, maléfique.

Il ne put lui faire face qu'un seul instant puis il se couvrit le visage d'un bras pour ne pas voir son image qui n'était pas là. Son reflet, absent. *Les vampires n'ont pas de reflet.*

Pas étonnant qu'il ait l'air bizarre. Pas étonnant qu'il se sente attiré par les cous et les bras. Il avait eu envie de Lindstrom ! Dieu tout-puissant !

C'est la cape qui était à l'origine de tout cela, sa cape noire à la frange tachée. Et ces taches… de la terre de tombeau. Le fait de porter cette cape, cette cape glaciale, lui avait inspiré les sentiments d'un véritable vampire. Ce vêtement était maudit, il avait servi à recouvrir le corps d'un mort-vivant. Et cette tache couleur de rouille, c'était du sang.

Du sang. Comme il serait bon de voir du sang. De pouvoir aspirer sa chaleur, goûter au rouge flux de sa vie.

Non. C'était de la folie pure. Il était ivre, il perdait la raison.

– Ah ! Voilà mon ami au visage pâle, mon ami le vampire.

C'était Sheila qui revenait. Oubliant toute horreur, Henderson sentit son cœur se mettre à battre la chamade. À la vue de ses yeux brillants, de sa bouche rouge et chaude en forme d'invitation, une bouffée de chaleur monta en lui. Il contempla sa gorge blanche qui contrastait avec le tissu noir et chatoyant de sa cape et soudain une autre sorte de chaleur le submergea. De l'amour, du désir et… de la faim.

Elle avait sûrement dû lire tout cela dans ses yeux. Et cependant, elle ne bronchait pas. Elle lui rendait même un regard plein de feu.

Sheila l'aimait aussi !

D'un geste impulsif, Henderson arracha la cape de ses épaules. Et il se sentit délivré comme d'une chape de glace. Libre ! À vrai dire, ce n'est pas qu'il avait eu envie de retirer la cape, mais il avait dû le faire. Elle était ensorcelée. Une minute de plus, et il aurait pris la jeune fille dans ses bras, il l'aurait prise pour l'embrasser et puis il l'aurait…

Il n'avait pas le courage d'y penser.

– Tu es fatigué de jouer ton personnage ? demanda-t-elle.

Et d'un même mouvement, elle retira également sa cape. Pour apparaître toute resplendissante dans son costume d'ange. Sa blondeur, la perfection de ses formes de statue coupèrent le souffle à Henderson.

– Mon ange, murmura-t-il.

– Mon diable, parodia-t-elle.

Et tout à coup, ils s'enlacèrent. Henderson avait pris leurs deux capes sur le bras. Leurs lèvres se cherchaient pour se donner dans le ravissement, quand Lindstrom sortit bruyamment dans le hall d'entrée avec un groupe de convives.

À la vue d'Henderson, son gros hôte eut un mouvement de recul.

– Vous..., haleta-t-il, vous êtes...

– Nous partions justement, dit Henderson.

Agrippant le bras de la jeune fille, il l'entraîna vers l'ascenseur inoccupé. La porte se referma sur le visage blême et terrorisé de Lindstrom.

– Ainsi, nous partions ? chuchota Sheila en se blottissant contre son épaule.

– Absolument. Mais pas pour la terre. Nous ne descendons pas vers mon royaume – nous montons, vers le tien.

– Le jardin suspendu, sur le toit ?

– Exactement, mon ange de femme. Je veux te parler devant la toile de fond de ton ciel, t'embrasser parmi les nuages, et...

L'ascenseur se mit en branle, et leurs lèvres se retrouvèrent.

– Un ange avec un démon. Drôle de couple !

– J'y pensais, précisément, dit la fille. Nos enfants auront-ils des auréoles ou des cornes ?

– Les deux, sûrement.

Ils sortirent sur le toit désert. Et c'était de nouveau la Toussaint.

Henderson le sentit. En bas, il y avait Lindstrom, ses amis si mondains, et la soûlographie[1] d'une soirée costumée. Ici, la nuit, le silence, l'obscurité. Pas de lumière, pas de musique, pas de boissons, pas de bavardages – tout ce qui fait que rien ne ressemble davantage à une soirée qu'une autre soirée: toutes les nuits se ressemblaient. Ici, cette nuit était unique.

Le ciel n'était pas bleu, mais noir. Des nuages flottaient, pareils aux barbes grises de géants qui rôderaient et se rassembleraient pour voir l'orange rotondité de la lune. Un vent froid soufflait de la mer, emplissant l'air de légers murmures lointains.

Il faisait très froid.

– Donne-moi ma cape, murmura Sheila.

Machinalement, Henderson la lui tendit, et dans un geste tourbillonnant, le corps de la jeune fille disparut sous la splendeur du noir tissu. Elle leva vers Henderson son regard ardent, vibrant d'un appel auquel il ne put résister. Il l'embrassa en tremblant.

– Tu as froid, dit-elle. Mets ton manteau.

Vas-y, Henderson, se dit-il intérieurement. Mets ta cape tout en observant sa gorge. Et, la prochaine fois que tu l'embrasseras, tu désireras sa gorge. Et elle te la donnera par amour. Et toi, tu la prendras… par appétit.

– Couvre-toi, mon chéri, j'insiste, murmura la jeune fille.

Ses yeux pétillaient d'impatience, brûlaient d'une avidité[2] qui n'avait d'égale que celle d'Henderson.

Ce dernier frissonnait.

Fallait-il qu'il mette la cape des ténèbres? La cape d'outre-tombe, la cape de la mort, la cape du vampire? La cape malfaisante, animée d'une froide vie propre qui pouvait transformer ses traits comme son esprit?

– Voilà.

Les deux bras minces de la jeune fille l'entouraient, enveloppant ses épaules de sa cape. Ses doigts caressèrent son cou avec tendresse tandis qu'elle fixait la cape à hauteur du col.

---

1. **Soûlographie** : ivrognerie.
2. **Avidité** : désir ardent, immodéré.

Et il fut de nouveau pénétré, traversé, par la même sensation. Ce froid glacial, qui faisait bientôt place à une chaleur plus redoutable encore. Il se sentit grandir, et la cruauté reparut sur son visage. C'était cela, la Puissance !

Et cette fille, qui était devant lui, avec son regard provocant, suggestif. Il voyait son cou d'ivoire, son cou chaud et fragile, offert. Son cou qui l'attendait. Qui attendait ses lèvres...

Qui attendait ses dents.

Non, ce n'était pas possible, il aimait cette fille. Il fallait que son amour soit plus fort que cette démence. Oui, il porterait la cape et il défierait sa puissance. Il prendrait la jeune fille dans ses bras comme un homme, pas comme un monstre. Il le fallait. C'était l'épreuve qu'il devait surmonter.

– Sheila, j'ai quelque chose à te dire.

Oh, ses yeux, si charmeurs... Comme ce serait facile !

– Sheila, je t'en prie. Tu as lu le journal, ce soir.

– Oui.

– C'est... c'est de là que vient ma cape. Je ne peux pas t'expliquer. Tu as vu ce que j'ai fait à Lindstrom. J'avais envie d'aller jusqu'au bout. Tu me comprends ? Je voulais... je voulais le mordre. Le fait de porter ce vêtement me donne le comportement de ces êtres-là. Mais moi je t'aime, Sheila.

– Je sais.

Ses yeux luisaient dans le clair de lune.

– Je voudrais faire une expérience. Je veux essayer de t'embrasser tout en ayant cette cape sur le dos. Je veux être certain que mon amour est plus fort que... cette chose. Si je faiblis, promets-moi que tu te dégageras et que tu t'enfuiras le plus vite possible. Mais ne te méprends pas. Il faut que j'affronte cette situation et que je la vainque. Je veux que mon amour pour toi ait au moins cette pureté, cette sécurité. Tu as peur ?

– Non.

Elle continuait à le regarder intensément, tandis qu'il fixait toujours sa gorge. Si elle savait ce qu'il avait à l'esprit!

– Ne crois pas que je deviens fou. Je suis allé chez ce costumier – un horrible petit vieillard – et il m'a donné cette cape. Effectivement, il m'a dit qu'elle avait appartenu à un véritable vampire. Moi, j'ai cru qu'il plaisantait – et puis ce soir, je ne me suis pas vu dans le miroir, et j'ai eu envie du cou de Lindstrom, et j'ai envie de toi. Mais je veux subir cette épreuve.

Le visage de la jeune fille était moqueur. Henderson rassembla son courage. En proie aux impulsions contraires qui s'affrontaient en lui, il se pencha en avant. L'espace d'un instant, il demeura immobile, sous l'atroce lune orange, la figure tordue par l'effort.

Et la jeune fille était de plus en plus séduisante.

Ses curieuses lèvres, si incroyablement rouges, s'entrouvrirent en un rire léger et argentin, tandis que ses bras blancs surgirent de sous la cape sombre qu'elle portait, pour aller se nouer gentiment autour du cou d'Henderson.

– Je sais, dit-elle. J'ai su dès que je t'ai vu dans le miroir. J'ai compris que tu avais une cape comme la mienne… Elles viennent toutes les deux du même endroit…

Bizarrement, ses lèvres semblèrent éviter celles d'Henderson, que la stupeur figeait sur place. Il sentit la dureté de glace de ses petites dents pointues sur sa gorge, puis une morsure extraordinairement apaisante – et les ténèbres s'élevèrent, et l'engloutirent.

Arrêt sur lecture 2

Un quiz pour commencer

Cochez les bonnes réponses.

❶ *Où Henderson se rend-il au début de la nouvelle ?*

- ❐ Dans un cimetière.
- ❐ Chez un costumier.
- ❐ Chez Sheila.

❷ *À quoi ressemble la boutique du costumier ?*

- ❐ À la caverne d'Ali Baba.
- ❐ Aux portes du paradis.
- ❐ À l'entrée de l'enfer.

❸ *Que demande Henderson au costumier ?*

- ❐ Quelque chose qui fasse rire.
- ❐ Quelque chose qui fasse peur.
- ❐ Quelque chose qui fasse vrai.

❹ *Que ressent Henderson quand il met la cape ?*

- ☒ Il a froid.
- ❐ Il a honte.
- ❐ Il a chaud.

❺ *Qui est Lindstrom ?*

- ❐ Un chauffeur de taxi.
- ❐ Le vendeur de costumes.
- ☒ Un ami de Henderson.

❻ *Comment Henderson se voit-il dans le miroir ?*

- ❐ Il se voit comme un homme très pâle, effrayant.
- ❐ Il se voit comme un homme d'une rare élégance.
- ☒ Il ne se voit pas.

❼ *Que se passe-t-il pendant la soirée ?*

- ❐ Henderson tombe amoureux.
- ❐ Henderson se blesse gravement.
- ☒ Henderson frappe Lindstrom.

❽ *Quel événement dramatique a lieu le soir de la fête ?*

- ❐ Un chauffeur de taxi est assassiné.
- ☒ La boutique du costumier a brûlé.
- ❐ Plusieurs invités sont agressés.

❾ *Qui est réellement Sheila ?*

- ☒ Un ange.
- ❐ Une femme.
- ❐ Un vampire.

Des questions pour aller plus loin

☛ Analyser la construction d'une nouvelle fantastique

Une histoire costumée

❶ Pour quelle raison Henderson cherche-t-il un déguisement ? Où va-t-il l'acheter ?

❷ Quel type de déguisement Henderson cherche-t-il ? Que trouve-t-il ?

❸ Quelles transformations s'opèrent chez Henderson quand il met la cape ? Peut-on trouver une explication rationnelle à ces transformations ?

❹ Comment les autres invités sont-ils déguisés ? En quoi leurs déguisements sont-ils différents de celui de Henderson ?

❺ Qu'ont en commun Sheila et Henderson ? Lequel de ces deux personnages vous semble le mieux jouer son rôle costumé ?

❻ Recherchez dans un dictionnaire le sens du mot « travesti ». Donnez deux synonymes de ce mot.

Une terreur fantastique

❼ Quelle est la première couleur évoquée dans la première page de la nouvelle ? Que symbolise-t-elle ?

❽ Comment réagissent les différents personnages face à Henderson déguisé ? Pourquoi ?

❾ Quels sentiments Henderson éprouve-t-il à l'égard des autres personnages et de lui-même ? Comment ces sentiments évoluent-ils tout au long de la nouvelle ?

❿ Qu'est-ce qui attire Henderson chez les personnes avec qui il prend l'ascenseur ou chez Lindstrom ? Qu'est-ce que cela nous apprend sur lui ?

Le rire du vampire

⓫ Au début de la nouvelle, quelle image le narrateur donne-t-il de Henderson (personnage sérieux, inquiétant, ridicule...) ?

⓬ Quelle impression Henderson cherche à produire sur Sheila au moment de leur première rencontre ? Quel est le ton de leurs premiers propos ?

⓭ Relevez les passages dans lesquels des personnages rient. Quelles sont les différentes significations de ces rires ?

⓮ Selon vous, quelle est la tonalité générale de cette nouvelle ?

⓯ Comment comprenez-vous la dernière phrase de la nouvelle ?

Rappelez-vous !

Dans une nouvelle, les dernières phrases viennent souvent créer la surprise, en éclairant le sens du texte sous un nouveau jour. C'est ce que l'on appelle la chute. L'ensemble de la nouvelle tend vers cette fin qui appelle à relire le texte pour y découvrir les indices glissés çà et là et qui avaient échappé au lecteur.

De la lecture à l'écriture

Des mots pour mieux écrire

❶ ***Dans la nouvelle, chacun des adjectifs suivants est associé à l'un des cinq sens. Précisez de quel sens il s'agit :*** caverneux, glacial, flamboyant, sépulcral, guttural, moisi.

❷ ***Pour chacun des mots suivants, donnez sa définition et deux mots de la même famille :*** imagination, hallucination, illusion, faussement, maquillage.

À vous d'écrire

❶ Réécrivez la rencontre entre Sheila Darrly et Stephen Henderson en adoptant le point de vue de la jeune femme.
Consigne. Vous rédigerez un texte d'une vingtaine de lignes à la première personne du singulier.

❷ Après la disparition de Stephen Henderson, un inspecteur de police vient prendre les dépositions des derniers individus l'ayant vu. Vous imaginerez l'interrogatoire de l'un des personnages suivants : Lindstrom, le chauffeur de taxi, la femme de l'ascenseur.
Consigne. Vous rédigerez un dialogue entre l'inspecteur et le personnage de votre choix. Ce dernier s'exprimera de façon précise (récit des faits et des propos échangés, analyse de ses sentiments).

Du texte à l'image

➡ **Edvard Munch, *Vampire*, 1893-1894.**
(Image reproduite en début d'ouvrage, au verso de la couverture.)

Lire l'image

❶ Observez le tableau d'Edvard Munch et décrivez-le avec précision.
❷ Quelles sont les couleurs dominantes de ce tableau ? À quoi ces couleurs font-elles penser ?
❸ Quelle atmosphère se dégage de cette scène ? S'agit-il d'un moment de tendresse ou d'agressivité ?
❹ À votre avis, où se déroule la scène ?

Comparer le texte et l'image

❺ Ce tableau vous semble-il être une bonne illustration de « La Cape » ?
❻ Relevez un passage de la nouvelle que cette toile pourrait illustrer.

À vous de créer

❼ Imaginez la discussion qui suit la scène représentée par Edvard Munch entre la victime et son bourreau.
❽ Allez au CDI de votre collège, trouvez d'autres tableaux d'Edvard Munch et présentez-les à vos camarades.

La Robe de soie blanche

de Richard Matheson

1951

Ici pas de bruit. Tout est dans ma tête.

Mamie m'a enfermée dans ma chambre et ne veut pas me laisser sortir. Parce que c'est arrivé elle a dit. Je crois que j'ai été méchante. Mais c'est à cause de la robe. La robe de maman je veux dire. Mamie dit ta maman est au ciel. Je vois pas comment. Est-ce qu'elle peut aller au ciel si elle est morte ?

En ce moment j'entends mamie. Elle est dans la chambre de maman. Elle remet la robe de maman dans la boîte. Pourquoi elle fait toujours ça ? Et après elle ferme la boîte à clé. Ça m'embête. C'est une jolie robe et qui sent tellement bon. Et qui me fait chaud. J'aime la tenir contre ma joue. Mais je pourrai plus. Je crois que c'est pour ça que mamie est en colère après moi.

Mais j'en suis pas sûre. La journée s'est passée comme les autres jours. Mary Jane est venue à la maison. Elle habite en face. Elle vient jouer à la maison tous les jours. Aujourd'hui aussi.

J'ai sept poupées et une voiture de pompiers. Aujourd'hui mamie a dit joue avec tes poupées et ta voiture. Ne va pas dans la chambre de ta maman elle a dit. Elle dit toujours ça. C'est parce qu'elle veut pas que je mette du désordre je pense. Parce qu'elle le dit tout le temps. Ne va pas dans la chambre de ta maman. Comme ça.

Mais c'est joli dans la chambre de maman. J'y vais quand il pleut. Ou quand mamie fait sa sieste. Je fais pas de bruit. Je m'assois juste sur le lit et je touche la couverture blanche. Comme quand j'étais petite. La chambre sent un peu le sucré.

Je fais semblant que maman soit en train de s'habiller et qu'elle m'ait permis de rester. Je sens l'odeur de sa robe de soie blanche.

Sa robe des grands soirs. Elle l'a appelée comme ça un jour je sais plus quand.

Je l'entends bouger si j'écoute bien. Je fais comme si je voyais maman assise à la coiffeuse. En train de toucher à ses parfums ou autre chose je veux dire. Comme si je voyais ses yeux noirs aussi. Je me rappelle.

C'est tellement bien quand il pleut et que je vois des yeux sur la fenêtre. La pluie fait du bruit comme un gros géant dehors. Elle dit chut chut pour que tout le monde se taise. J'aime bien faire semblant de ça dans la chambre de maman.

Ce que j'aime encore mieux c'est de m'asseoir à la coiffeuse de maman. Elle est rose et grande et puis elle sent bon. Le siège a un coussin cousu dessus. Il y a plein de flacons tout bosselés avec des parfums colorés dedans. Et on peut se voir presque tout entière dans la glace.

Quand je m'assois là je fais semblant d'être maman. Je dis, tais-toi mère je veux sortir et tu ne m'en empêcheras pas. C'est quelque chose que je dis je sais pas pourquoi c'est comme si je l'entendais dans ma tête. Et puis encore oh arrête de pleurer mère ils ne m'attraperont pas j'ai ma robe magique.

Quand je joue à faire semblant je brosse mes cheveux en prenant bien mon temps. Mais je me sers que de ma brosse à moi que j'apporte de ma chambre. J'ai jamais pris la brosse de maman. Je pense pas que c'est pour ça que mamie est en colère contre moi parce que je prends jamais la brosse de maman. Jamais je le ferais.

Des fois oui j'ouvre la boîte. Parce que je sais où mamie met la clé. Je l'ai vue faire un jour qu'elle savait pas que je la voyais. Elle met la clé au crochet dans le placard de maman. Derrière la porte je veux dire.

J'ai ouvert la boîte des tas de fois. C'est parce que j'aime bien regarder la robe de maman. C'est la regarder que j'aime le mieux. Elle est si belle et la soie si douce. Je resterais un million d'années à la toucher.

Je me mets à genoux sur le tapis avec des roses. Je tiens la robe contre moi et c'est comme si elle me faisait respirer. Je la frotte contre ma joue. Je voudrais pouvoir l'emporter pour dormir avec en la tenant serrée. J'aimerais. Mais je peux pas le faire. Parce que mamie l'a dit. Et elle dit aussi je devrais la mettre au feu mais j'aimais tellement ta mère. Et elle pleure.

J'ai jamais fait de bêtises avec la robe. Je la remettais bien comme il faut dans sa boîte comme si personne y touchait. Mamie remarquait rien. Ça me faisait rire qu'elle s'aperçoive de rien. Mais maintenant elle sait que je l'ai fait je pense. Et elle va me punir. Pourquoi ça lui en a mis un coup ? Est-ce que c'était pas la robe de ma maman ?

Ce que j'aime vraiment le mieux dans la chambre de maman c'est regarder son portrait. Il y a du doré autour. Un cadre mamie appelle ça. Il est sur le mur au-dessus du bureau.

Maman est belle. Ta maman était belle dit mamie. Pourquoi était ? Je vois maman là qui me sourit et elle *est* belle. Pour toujours.

Elle a des cheveux noirs. Comme moi. Et de beaux yeux pareils. Noirs. Et une bouche rouge si rouge. J'aime bien sa robe aussi. C'est sa robe blanche. On lui voit les épaules. Elle a la peau blanche presque aussi blanche que la robe. Et aussi les mains. Elle est si belle. Je l'aime même si elle est partie pour toujours. Je l'aime tellement.

Je crois que c'est ça qui m'a rendue méchante. Je veux dire avec Mary Jane.

Mary Jane est venue déjeuner comme d'habitude. Mamie est allée faire sa sieste. Elle a dit et rappelle-toi bien interdiction d'aller dans la chambre de ta maman. J'ai dit oui mamie. Et je le pensais vraiment. Mais ensuite Mary Jane et moi on jouait avec la voiture de pompiers et Mary Jane a dit je parie que t'as pas de mère je parie que t'as tout inventé voilà ce qu'elle a dit.

Ça m'a mise en colère. J'ai une maman je le sais bien. Ça me mettait en colère qu'elle dise que j'avais tout inventé. Elle a dit que j'étais une menteuse. Je veux dire pour le lit et la coiffeuse et le portrait et même la robe et tout ça.

J'ai dit bon je vais te faire voir puisque t'es si maligne.

J'ai regardé dans la chambre de mamie. Elle faisait son petit somme tranquille. Je suis redescendue et j'ai dit à Mary Jane qu'on pouvait y aller puisque mamie en saurait rien.

Après elle faisait plus sa maligne. Elle ricanait comme elle fait tout le temps. Elle a même poussé un petit cri peureux en se cognant dans la petite table du couloir du haut. Je lui ai dit t'es qu'une trouillarde. Elle a répondu dans ma maison à moi y fait pas aussi noir que dans la tienne. Comme s'il y faisait noir à ce point.

On est entrées dans la chambre de maman. Il y faisait si noir qu'on y voyait rien. Alors j'ai ouvert les rideaux. Juste un peu pour que Mary Jane y voie. J'ai dit la voilà la chambre de ma maman c'est moi qui l'ai inventée peut-être ?

Elle restait à la porte et là non plus elle faisait pas sa maligne. Elle a rien dit. Elle regardait simplement dans la chambre. Elle a sursauté quand je lui ai pris le bras. Allez viens j'ai dit.

Je me suis assise sur le lit et j'ai dit c'est le lit de ma maman regarde comme il est doux. Elle a toujours rien dit. Trouillarde je lui ai dit. C'est pas vrai elle a répondu comme ça.

Je lui ai dit assois-toi comment tu peux voir si c'est doux sans t'asseoir ? Elle s'est assise à côté de moi. Je lui ai dit touche comme c'est doux. Sens comme ça sent bon.

J'ai fermé les yeux mais c'était drôle c'était pas comme d'habitude. Parce que Mary Jane était là. Je lui ai dit d'arrêter de tripoter la couverture. C'est toi qui m'as demandé de le faire elle a dit. Eh bien arrête j'ai dit.

Viens voir je lui ai dit et je l'ai fait lever. Là c'est la coiffeuse. Je l'ai amenée la voir. Allons-nous-en elle a dit. Y avait pas de bruit comme toujours. J'ai commencé à me sentir mal. Parce que Mary Jane était là. Parce qu'on était dans la chambre de maman et que ça lui aurait pas plu que Mary Jane soit là.

Mais il fallait que je lui montre les choses. Parce que. Je lui ai montré le miroir. On s'est entre-regardées dedans. Elle avait la figure toute blanche. Mary Jane est une trouillarde j'ai dit. C'est pas vrai c'est pas vrai elle a recommencé. Et puis d'abord c'est quoi cette maison où il fait si noir et où y a pas un bruit? Et puis elle a dit ça sent.

Je me suis mise en colère. Non ça sent pas j'ai dit. Si elle a dit c'est même toi qui l'as dit. Ça m'a mise encore plus en colère. Ça sent le douceâtre elle a dit. Ça sent comme des gens malades dans la chambre de ta maman.

Dis pas que la chambre de ma maman est comme les gens malades je lui ai retourné.

En tout cas tu m'as pas montré de robe et t'es une menteuse elle a dit y en pas de robe. Je me suis sentie toute brûlante à l'intérieur et je lui ai tiré les cheveux. Je vais te montrer j'ai dit tu vas la voir la robe de ma maman et t'as intérêt à pas me traiter de menteuse.

Je l'ai fait rester tranquille et je suis allée décrocher la clé. Je me suis mise à genoux. J'ai ouvert la boîte avec la clé.

Mary Jane a fait pouah ça sent les ordures.

Je lui ai enfoncé mes ongles alors elle s'est sauvée et s'est mise en colère. Je veux pas que tu me pinces elle a dit et elle avait la figure toute rouge. Je le dirai à ma mère. Et puis d'abord c'est pas une robe blanche elle est sale et elle est moche elle a dit.

Elle est pas sale j'ai dit. Si fort que je me demande comment mamie a pas entendu. J'ai retiré la robe de la boîte. Je l'ai levée en l'air pour lui montrer comme elle était blanche. Elle s'est dépliée en faisait le même bruit doux que quand il pleut et le bas a touché le tapis.

Elle est blanche j'ai dit toute blanche et propre et soyeuse.

Non elle a dit très en colère et toute rouge y a un trou dedans. J'en pouvais plus de colère. Si ma maman était là elle t'apprendrait j'ai dit. T'as même pas de maman elle a fait laide comme tout. Je la déteste.

Si j'en ai une. J'ai presque crié ça. En pointant un doigt sur le portrait de maman. Et alors on n'y voit rien dans ton espèce de chambre toute noire elle a dit. Je l'ai poussée fort et elle a cogné le bureau. Regarde j'ai dit méchamment regarde le tableau. C'est ma maman et c'est la plus belle dame qui existe.

Elle est moche elle a de drôles de mains a dit Mary Jane. C'est pas vrai j'ai dit c'est la plus belle dame qui existe !

Non non elle a dit *elle a des dents de lapin.*

Après je me rappelle plus. Je crois que la robe a bougé dans mes bras. Mary Jane a crié. Je me rappelle plus quoi. Il a refait noir à cause des rideaux qui avaient été tirés je crois. En tout cas j'y voyais plus rien. Et j'entendais rien d'autre que drôles de mains dents de lapin drôles de mains dents de lapin sans que personne soit là pour le dire.

Il y a eu autre chose parce que je crois que j'ai entendu quelqu'un crier *ne la laisse pas parler comme ça !* Je pouvais plus tenir la robe. Et je l'avais sur moi j'arrive pas à me rappeler comment. Parce que j'étais devenue grande et forte. Mais j'étais quand même encore une petite fille je pense. Je veux dire de l'extérieur.

Je crois que c'est là j'ai été terriblement méchante.

Mamie m'a emmenée de là je pense. Je sais pas. Elle criait dieu ait pitié de nous c'est arrivé c'est arrivé. Elle arrêtait pas de répéter ça. Je sais pas pourquoi. Elle m'a traînée tout du long jusqu'à ma chambre et m'y a enfermée. Elle veut pas me laisser sortir. Bof j'ai pas tellement peur. Qu'est-ce que ça peut faire qu'elle me garde enfermée un million d'années ? C'est même pas la peine qu'elle me donne à manger. J'ai pas faim d'abord.

Je suis repue.

Arrêt sur lecture 3

Un quiz pour commencer

Cochez les bonnes réponses.

❶ *Dans « La Robe de soie blanche », qui est le narrateur ?*

- ☑ Une enfant qui a perdu sa mère.
- ❒ Une enfant qui déteste sa grand-mère.
- ❒ Une enfant nommée Mary Jane.

❷ *Qui est Mary Jane ?*

- ❒ La sœur de la narratrice.
- ❒ La grand-mère de la narratrice.
- ☑ Une amie de la narratrice.

❸ *Pourquoi la narratrice va-t-elle dans la chambre de sa mère avec son amie ?*

- ❒ Pour jouer avec ses poupées.
- ❒ Pour faire quelque chose d'interdit.
- ☑ Pour prouver l'existence de sa mère.

❹ *Que veut montrer la narratrice à Mary Jane ?*

- ❒ Sa robe.
- ☒ La robe de sa mère.
- ❒ La robe de sa grand-mère.

❺ *Qu'éprouve Mary Jane en entrant dans la chambre de la mère de son amie ?*

- ❒ Elle est émerveillée.
- ❒ Elle est triste.
- ☒ Elle a peur.

❻ *Comment Mary Jane voit-elle la robe ?*

- ❒ Blanche et soyeuse.
- ☒ Sale et trouée.
- ❒ Jolie mais banale.

❼ *Pourquoi la narratrice se met-elle en colère ?*

- ☒ Parce que Mary Jane a insulté sa mère.
- ❒ Parce que Mary Jane l'a tapée.
- ❒ Parce que Mary Jane se moque d'elle.

❽ *Quelle est la réaction de la grand-mère après l'accident ?*

- ❒ Elle est bouleversée mais s'attendait à ce malheur.
- ❒ Elle est terrifiée et ne sait que faire.
- ☒ Elle crie et appelle à l'aide.

❾ *Dans quel état se trouve la narratrice à la fin de la nouvelle ?*

- ❒ Elle est affamée.
- ❒ Elle est assoiffée.
- ☒ Elle n'a plus faim.

Des questions pour aller plus loin

Découvrir un personnage de vampire inattendu

Une petite fille étrange

❶ Dans quel(s) lieu(x) la nouvelle se déroule-t-elle ?
❷ Que sait-on de la narratrice et de ses conditions de vie ?
❸ Où et à quel moment la narratrice raconte-t-elle son histoire ? À qui s'adresse-t-elle ?
❹ Dans les pages 61 à 63, relevez les paroles de la grand-mère. Que remarquez-vous ?
❺ La narratrice comprend-elle ce qui se passe autour d'elle ? Appuyez votre réponse sur des phrases dont vous préciserez le type.

La montée de l'inquiétude

❻ Qu'entend la narratrice dans la chambre de sa mère ? Son comportement vous semble-t-il étrange ?
❼ Quel rôle joue la grand-mère dans l'histoire ?
❽ Comparez les jugements que Mary Jane et la narratrice portent sur la chambre, la robe et le portrait.
❾ Comment évolue le comportement des deux petites filles tout au long de la nouvelle ?

Un nouveau vampire

❿ D'après les réflexions de Mary Jane dans les pages 65 et 66, quelles hypothèses pouvez-vous formuler concernant la mère de la narratrice ?
⓫ Pourquoi, selon vous, la grand-mère interdit-elle à sa petite-fille d'entrer dans la chambre de sa maman ?

⓬ La narratrice est-elle un vampire ? Vous vous appuierez sur des éléments du texte pour répondre à cette question.
⓭ En quoi la chute de cette nouvelle est-elle réussie ?
⓮ En quoi ce récit à la première personne est-il original ?

Rappelez-vous !
Dans un récit à la première personne, le narrateur est un simple témoin ou un acteur des événements. Sa présence est repérable dans les pronoms et déterminants possessifs de la première personne mais aussi dans tout ce qui signale son point de vue, notamment le vocabulaire appréciatif, valorisant ou dévalorisant.

De la lecture à l'écriture

Des mots pour mieux écrire

❶ ***Recherchez dans la nouvelle quatre mots appartenant au champ lexical de l'obligation et quatre mots appartenant au champ lexical de l'interdiction. Vous emploierez chacun de ces mots dans une phrase de votre invention.***

❷ ***Trouvez cinq mots de la famille de*** « mort ». ***Analysez leur composition (préfixe – radical – suffixe).***

À vous d'écrire

❶ Le soir de la visite de Mary Jane, la mère de la narratrice apparaît à sa fille en rêve. Imaginez le dialogue entre les deux personnages.
Consigne. Vous respecterez les règles de présentation du dialogue et emploierez des mots des champs lexicaux de l'interdiction et de la mort.

❷ La grand-mère de la narratrice écrit une lettre à une de ses amies pour lui demander de les héberger, elle et sa petite fille.
Consigne. Vous respecterez les règles de présentation de la lettre et vous développerez un ou deux arguments pour convaincre l'amie de leur ouvrir sa maison.

Petite sœur ou bien…

de Karen Robards

1991

Je m'en moque, de ce que dit m'man, j'ai jamais eu envie d'une petite sœur.

– Peter ? Oh ! il l'adore. Il avait demandé au Père Noël de lui amener une belle petite sœur. Il a été exaucé, même si le Père Noël a dû aller jusqu'en Roumanie pour la chercher.

Petit hennissement. Deux petits hennissements en guise de réponse. Tu détestes pas ça, toi, quand les adultes ricanent ? Se moquent de toi, je veux dire. Moi, si. Je serre les dents et je lutte de toutes mes forces contre la tentation de donner un coup de pied dans la plinthe du couloir, là où je me suis caché pour écouter.

M'man est en train de bavarder avec ses amies, de l'autre côté de la cloison, dans le salon. Elle tient dans ses bras la boule puante humaine et parle avec cette voix roucoulante qu'elle a toujours au voisinage du bébé.

Ça me donne envie de vomir. Si je savais où est la Roumanie, j'y ramènerais moi-même cette sirène d'alarme en miniature. Et puis m'man pourrait arrêter de mettre tout ce gâchis sur le dos du Père Noël. Je sais parfaitement bien qu'il n'existe pas, et, même s'il existait, il m'aurait jamais joué un aussi vilain tour.

Et puis, m'man, si tu avais vraiment écouté ce que je disais, pendant que tu faisais semblant d'admirer la fausse neige autour du fauteuil du Père Noël, après m'avoir obligé à m'asseoir sur ses genoux en plein centre commercial (tu parles d'une humiliation publique !), tu saurais que ce que j'ai demandé, c'était une pelle de bâtisseur. Tu aurais dû te rappeler le jour où j'ai demandé à Papa de me prêter la sienne et qu'il m'a répondu :

– Ça, mon p'tit gars, c'est une pelle de bâtisseur, ce n'est pas pour toi !

J'en voulais une pareille, pour épater les copains au bac à sable. Et pas une belle petite sœur.

D'accord, je parle trop vite, et des fois je « permute les consonnes » comme dit mon orthophoniste. Tu es ma maman, tu es censée me comprendre, même si je prononce mal. Tu te souviens, la dernière fois qu'on a mangé chez Mamie et que j'ai dit : « J'aime pas cinpson. » Tante Leslie a compris le saucisson et m'a dit de le manger quand même, que je l'aime ou pas, et j'ai dit que, n'importe comment, je pouvais pas le manger, et ç'a été l'escalade jusqu'à ce que Tante Leslie et moi on s'engueule et que tout le monde s'en mêle. Alors t'es revenue des toilettes et il ne t'a pas fallu une minute pour comprendre que j'avais dit que j'aimais pas Simpson, le dessin animé à la télé. Rien à voir avec la nourriture, Tante Leslie.

Aussi, m'man, comment as-tu pu commettre une erreur pareille, simplement parce que, gêné comme j'étais, j'ai dit « une belle de pâtisseur » en parlant entre mes dents ? Si j'avais pu prévoir l'étendue du désastre qui m'attendait, je me serais mieux appliqué à faire mes exercices. Mais quand on est seulement en cours préparatoire, ce genre de trucs paraît pas si important que ça. Tu sais ce que papa dit toujours à propos de la vie et de ses leçons ? Eh bien, j'ai vécu et j'ai reçu une leçon : plus de mot mal prononcé. Aussi, je t'en prie, renvoie ce sac à vomi !

Au fait, je m'appelle Peter et j'ai six ans. Cette maison est la mienne, la jolie dame blonde avec plein de vilaines taches de bave sur son corsage rose, c'est ma maman, et le type chauve vautré sous l'arbre de Noël dans la salle de séjour, en train d'essayer de comprendre comment la guirlande de lumières s'est entortillée comme ça autour du tronc, c'est mon papa. Il y a seulement une semaine, la veille de Noël pour être précis, j'étais encore le Roi du Château, le Seigneur du Manoir, le petit Prince et, pas du tout par hasard, leur enfant unique.

Puis est arrivé ce bébé troll. Ne me demandez pas pourquoi, mais quelques mois avant, m'man s'est mis dans la tête que j'avais besoin d'un frère ou d'une sœur. C'est elle qui en a eu l'idée, même si elle dit le contraire maintenant. M'man ne dit pas toujours la vérité, je m'en suis aperçu. Pour je ne sais quelle raison, mon papa et elle pouvaient pas avoir un autre enfant fait à la maison, comme moi. Peut-être que Tante Leslie avait raison, le jour où elle a dit que quand ils m'avaient fait, ils avaient cassé le moule, mais à l'époque, j'ai pensé qu'elle était seulement de mauvaise humeur, comme d'habitude. En tout cas, avant que j'aie suffisamment pris la menace au sérieux pour réagir, m'man en a parlé à ma mamie qui en a parlé à ses amies, l'une des amies en a parlé à un homme de loi, et le résultat de toutes ces parlotes, c'est qu'on est allés à l'aéroport pour rencontrer une dame qui nous apportait de Roumanie un vrai bébé de neuf mois, vivant et braillard ! Qu'on était censés garder ! Éternellement ! Non, mais, tu te rends compte ?

C'est où la Roumanie, n'importe comment ? Est-ce qu'ils acceptent de reprendre la marchandise ? Je leur demanderais même pas de nous rendre notre argent. Gardez juste la gamine, et on est quittes. Comment pourrait-on refuser une affaire pareille ?

– Peter, c'est toi ? Chéri, viens dire bonjour à Mme Kirchner et à Mme Grant.

Zut, j'étais tellement plongé dans mes pensées que j'ai oublié de rester hors de vue. On m'a repéré et maintenant je peux rien y faire. M'man me lance un de ces coups d'œil qui veulent dire qu'elle espère que je vais bien me tenir, mais qu'elle est joliment sûre que non. Mme Grant et Mme Kirchner, qui se sont arrêtées chez nous en revenant de je ne sais quelle réunion d'association pour voir le bébé, me sourient.

Moi, je ne leur souris pas. Le bébé troll est assis sur les genoux de m'man. Sa figure est pleine de bave et elle est en train de ronger l'une des tortues Ninja que j'ai eues pour Noël !

– Oh ! Peter, tu dois adorer ta petite sœur !

Est-ce que Mme Kirchner serait un as du je-me-fourre-le-doigt-dans-l'œil-jusqu'au-coude ? Ignorant ce faux pas, je m'approche d'un air décidé du divan et je tire Leonardo à l'arraché du péril où il est plongé. La môme se met à brailler. M'man me lance un autre coup d'œil, très méchant, et fait sauter la gamine sur ses genoux pour qu'elle se taise. Les invitées échangent un regard entendu.

– Un peu jaloux, je vois. C'est normal.

Mme Grant s'adresse à ma mère par-dessus ma tête. Je déteste que les adultes se conduisent comme si j'étais sourd ou stupide. Mais je ne lui tire pas la langue. C'est une invitée, après tout, et m'man m'a appris les bonnes manières. Et puis, je suis trop occupé à essuyer la bave sur mon pauvre Leonardo.

– Il vient de recevoir ces espèces de tortues pour Noël. Je n'aurais pas dû laisser Sylvia Frances la prendre.

M'man a un petit air coupable. Du coup, je me sens mieux, tandis que je finis de frotter soigneusement Leonardo sur ma manche.

– Je me rappelle, quand Elizabeth est née. Allison ne voulait même pas regarder sa petite sœur. Et cela a duré un an. Elle…

La bouche de Mme Kirchner s'est mise en marche et j'te parle, et j'te parle. C'est la commère du quartier et elle peut bavarder pendant des heures à propos de rien. Je tourne la tête de Leonardo dans le bon sens – et alors, j'aperçois… des traces de dents ! Partout sur son visage et sur son cou ! La gamine n'a que quatre dents – comment a-t-elle pu l'abîmer comme ça avec seulement quatre dents de bébé ?

– Regarde ce qu'elle a fait ! Il est fichu, maintenant !

Complètement hors de moi, je lance Leonardo contre le mur. Il rebondit avec une véritable force de Tortue. Mme Grant penche la tête juste à temps pour éviter d'être esquintée, et je sens que je vais avoir des ennuis. Avant que m'man puisse dire : « Monte dans ta chambre ! » – je suis joliment sûr que c'est ce qu'elle va faire, parce que ça finit toujours comme ça quand elle se met en colère –, je sors, monte l'escalier en tapant des pieds et ferme ma porte si brutalement que la glace, au-dessus de ma commode, en tremble.

Il fait noir dans ma chambre – presque noir, même avec les mini-volets ouverts, parce qu'il fait déjà nuit dehors, bien qu'on n'ait pas encore dîné. Un moment je suis sur le point de faire demi-tour et de redescendre l'escalier en courant – je déteste l'avouer... mais j'ai peur de l'obscurité – et juste à temps je me souviens que je suis fou de colère, alors j'allume ma lampe. Je ferme les volets pour que rien, à l'extérieur, ne puisse me voir, et je m'assois sur mon lit, pour attendre.

Mais rien ne se passe. Rien du tout. M'man ne monte pas pour s'excuser. Papa ne monte pas pour s'expliquer. Personne ne vient.

On me laisse tout seul, sans rien d'autre à faire que de jouer au Nintendo. Tout seul !

Incroyable hein ? Je suis enfermé dans ma chambre comme un prisonnier pendant que la reine Sylvia Frances dispose du reste de la maison !

Grande est la chute des puissants !

Enfin, la porte s'ouvre. Ah ! me dis-je avec satisfaction, et je me concentre sans lever les yeux. Grâce à mon adroit guidage, Mario saute sans accident du sol sur la cheminée, de la cheminée sur le sol...

– Salut, cervelle de merde, qu'est-ce que t'as fait cette fois-ci pour qu'on t'envoie dans ta chambre ?

Ma tête pivote si vite qu'une douleur me transperce le cou. Mon cousin Rick entre en plastronnant[1], comme s'il était chez lui, et laisse tomber un sac de marin bourré sur l'autre lit jumeau. Avec toutes ces émotions, j'avais oublié qu'ils venaient – Tante Leslie, son mari Oncle Tod et les deux mômes du Commando de la Basse-Cour, Rick et Afton. Pour voir la petite Sylvia Frances,

1. **En plastronnant** : en frimant.

bien entendu. Un bruit lamentable provenant de l'écran ramène brusquement mon regard dessus. Mario vient de tomber dans le calice[1] d'une fleur carnivore. Il me reste plus de vie, là non plus.

C'est franchement pas mon jour de chance.

Je lâche un mot qui m'aurait valu de passer toute une semaine dans ma chambre, si m'man l'avait entendu.

– Salut, Rick.

Je dis ça sans aucun enthousiasme. Je déteste Rick. Imaginez Candyman[2] à l'âge de dix ans, croisez-le avec le marquis de Sade[3], et vous avez mon cousin.

– Quand est-ce que tu vas apprendre à parler, pauvre crétin! Je m'appelle Rick et pas Ouick. Dis Rick, Petey. R-r-r-ick.

Je déteste que l'on m'appelle Petey, et Rick le sait bien. Il se moque de moi, comme d'habitude. Je saute du lit, prends son sac de marin par le fond et cours à la porte. Le sac vomit ses affaires dans toute la pièce.

– Je vais te tuer, pauvre mec! beugle-t-il en se lançant à ma poursuite.

Mais je lâche le sac et descends l'escalier avant qu'il ait pu m'attraper.

M'man est dans la cuisine, en train de préparer le dîner tout en bavardant avec Tante Leslie. Mme Grant et Mme Kirchner sont parties. Sylvia Frances est dans son trotteur, en train de grignoter un gâteau sec. Sa peau est presque aussi pâle que son surpyjama blanc, et elle ressemble à une version miniaturisée du fantôme de l'homme-guimauve, à la fin de *SOS fantômes.* Une substance visqueuse, couleur chocolat, s'étale sur ses joues; il y en a jusque dans ses courtes boucles châtains. Je freine encore sur le seuil

1. **Calice** : enveloppe extérieure d'une fleur.
2. **Candyman** : meurtrier d'un film d'horreur du même nom (1992); il apparaît quand on prononce son nom cinq fois devant un miroir.
3. **Sade** (1740-1814) : écrivain français, auteur de romans à l'érotisme cruel; on a formé le mot sadisme à partir de son nom.

en dérapant qu'elle reprend déjà son occupation favorite, qui consiste à utiliser son trotteur comme une auto tamponneuse pour taper dans les meubles de la cuisine. La force de la collision la renvoie en arrière. Dès qu'elle arrive en bout de course, elle se redresse, rit, et se lance en avant pour un deuxième tour. Si je faisais une chose pareille, m'man me tuerait, mais là, Tante Leslie et elle se contentent de lui sourire.

Je déteste Sylvia Frances. Je me demande pourquoi le Père Noël s'est cru obligé de l'apporter.

– Combien de temps vont-ils rester? demandai-je en occupant le centre de la pièce et en lançant sur m'man un regard furieux.

Elle baisse les yeux vers moi, avec cet air de dire que je lui casse de nouveau les pieds, mais juste avant qu'elle puisse répondre, Rick entre en trombe dans la cuisine, lancé à ma poursuite. Il est tout rouge et si nos mamans n'étaient pas là, il m'arracherait tous les membres, un par un, je le sais. Étant donné la situation, il se contente de serrer les poings.

– Ce petit saligaud a éparpillé mes affaires dans toute sa chambre!

– Rick! Ne dis pas de gros mots en parlant de Petey!

Vous ai-je dit que je déteste Tante Leslie? J'aime mieux qu'on m'appelle petit saligaud que Petey.

M'man soupire.

– Peter, je ne sais pas ce que tu as aujourd'hui. Prépare-toi à filer au lit tout de suite après dîner. Ça ira peut-être mieux demain.

Avant que j'aie pu discuter, comme j'avais l'intention de le faire, le minuscule pilote kamikaze dans son trotteur fonce sur moi à bride abattue[1]. Je hurle lorsque les roues passent sur mes pieds nus et que le support de plastique heurte mes tibias. Sylvia Frances glousse. Furieux, je la repousse de toutes mes forces, si bien que son trotteur va heurter le réfrigérateur.

1. **À bride abattue** : très vite.

Plusieurs de mes meilleures peintures rapportées de l'école et exposées avec fierté par ma maman sur le réfrigérateur dégringolent par terre et le bébé troll, dans son trotteur boomerang, passe dessus. Des œuvres de génie, profanées[1]. Probablement fichues. Certainement méconnues. Je hurle. La môme se met à rire sottement.

– Peter, monte dans ta chambre !

Bien sûr. Un type ne peut même plus se défendre. Plus maintenant que Sylvia Frances est là. Sous prétexte que c'est un bébé. Rageant contre cette injustice, bouillonnant de haine pour tous les membres de ma famille, et boitant à cause de mes orteils endoloris, je remonte l'escalier d'un pas lourd.

Qui, n'importe comment, se plairait dans la compagnie d'une telle bande de peaux de vaches ?

*

– Hé ! pue-de-la-gueule, tu dors ?

Il est environ minuit. Rick se tient sur le seuil de ma chambre en sous-vêtements – il dort comme ça, et c'est drôlement dégoûtant à voir –, la main posée sur l'interrupteur. Je le regarde, groggy[2] parce que, oui, je dormais avant qu'il arrive.

– Je vais éteindre la lumière.

Il dit ça en jubilant, parce qu'il sait que j'ai peur de l'obscurité. Et puis il s'exécute. Brusquement, il fait un noir d'encre dans ma chambre. Je me cache la tête sous les couvertures. Rick rigole. Je déteste Rick.

– De quoi t'as peur, minable ? Des loups-garous ? Ils vous déchirent à belles dents et on saigne comme un bœuf. Ils passent au travers des fenêtres, des murs, et rien ne peut les empêcher d'entrer. Tu as entendu ce hurlement, il y a quelques minutes ? C'était

1. **Profanées** : traitées sans respect, avec mépris.
2. **Groggy** : étourdi, sonné.

probablement un loup-garou. Il est sûrement à ta recherche. Il peut te *sentir*, Petey.

J'entends son lit gémir lorsqu'il se couche. Je gémirais aussi si Rick se couchait sur moi. Penser à ce que j'éprouverais si j'étais un lit et si Rick dormait sur moi m'aide à neutraliser l'image qu'il vient de brosser d'une énorme bête poilue qui bave et renifle l'air pour relever mon odeur.

– Je connais quelque chose de pire que les loups-garous, et qui devrait te faire peur. Il est ici, dans cette maison. C'est le bébé, raclure de bidet. Tu sais qu'elle arrive de Roumanie ? C'est de là que viennent les vampires. Ta nouvelle petite sœur est probablement un vampire, et elle va s'envoler de son berceau pour venir te sucer le sang pendant que tu dors.

La terreur me tétanise.

– Elle a probablement déjà sucé le sang de ton père et de ta mère. Tu sais ce qui arrive quand un vampire boit ton sang ? Tu deviens un vampire. Tes parents sont sûrement devenus des vampires. Ça va être ton tour. Tu es peut-être en sécurité tant que tu restes éveillé, mais tu pourras pas éternellement, hein, petit trouduc ? Dès que tu fermeras les yeux, l'un d'eux va t'avoir.

Si je compte tout bas jusqu'à cent, très soigneusement pour ne pas manquer un seul chiffre, peut-être qu'il se taira avant que j'aie fini. Je commence, j'arrive jusqu'à vingt. Puis, à ma grande horreur, quelqu'un rabat les couvertures et une immense ombre noire se penche sur moi, sur mon cou.

– J'ai soif de ton sang.

Je hurle. Sautant de mon lit, je donne un coup de poing à cette hideuse vision et cours vers la porte en criant, accompagné par un rire dément. La chambre de mon papa et de ma maman est juste à côté de la mienne. J'ouvre la porte à la volée, me précipite au pied de leur lit et bondis dessus.

Ils ne sont pas là !

Je hurle de nouveau, saute en bas du lit et fonce vers l'escalier et la sécurité. De ma chambre obscure sort un gémissement à vous figer le sang.

– J'ai soif de ton sang !

Moitié tombant, moitié sautant, je descends l'escalier. Je me cogne la cheville au pilastre[1], mais je continue. Pourtant je me la suis sûrement cassée. Une cheville cassée, c'est rien comparé à la possibilité d'être transformé en pelure de patate humaine par un vampire !

Lorsque j'entre en trombe dans la salle de séjour, m'man et Tante Leslie arrêtent de parler et me regardent d'un air ahuri. Papa lève les yeux de son journal. Oncle Tod fait pareil avec son livre.

– Mais qu'est-ce que tu as aujourd'hui ? dit m'man.

Je fonce sur le divan et bondis littéralement sur ses genoux. Elle me prend dans ses bras et me serre contre sa poitrine.

– Tiens, tu frissonnes. Tu as froid ?

Je secoue la tête, le visage enfoui dans le tissu soyeux de sa robe.

– Un v-v-vampire me poursuit.

– Un vampire ?

– Il fait encore des cauchemars ?

Tante Leslie a l'air désapprobateur.

– Si j'étais toi, j'en parlerais au pédiatre, la prochaine fois.

– C'était pas un rêve !

Je proteste, toujours tremblant.

– Tu es un vrai bébé, Peter, dit Afton l'air méprisant.

Jusqu'alors, je ne m'étais même pas aperçu de sa présence. Elle a huit ans, de longs cheveux bruns hirsutes, de grands yeux marron et un nez sérieusement retroussé. En fait, elle ressemble à un pékinois[2], aussi je décide que je vais le lui dire, la première fois où je la verrai sans ses parents. Elle est assise par terre en

---

1. **Pilastre** : premier barreau d'une rampe d'escalier.
2. **Pékinois** : petit chien.

train de faire coucou à Sylvia Frances. La vue du bébé chasse toute autre pensée de mon esprit. Cette fois, elle est sur le point de mâchouiller Rafael, et sa bouche est grande ouverte. Pour la première fois, je remarque ses dents. Elle en a deux en haut et deux en bas, mais ce sont les deux du haut qui retiennent mon attention. Elles sont à cinq centimètres l'une de l'autre, minuscules, blanches et pointues...

– C'est des crocs qu'elle a !

M'man sursaute et j'enfouis de nouveau ma tête dans sa poitrine.

– Qu'est-ce que tu dis ?

Sa voix exprime une patience soumise à rude épreuve. Elle essaie de me relever la tête.

– Regarde-la ! Elle a des crocs ! C'est un vampire ! Un vampire ! Un vampire !

Je regarde assez longtemps Sylvia Frances pour lire de la malveillance dans ses yeux bleu pâle, fixés sur moi. Je l'ai dévoilée, j'ai dit ce qu'elle était. Elle m'aura, dit-elle, et je le sais. Je m'accroche en hurlant à m'man et refuse de voir le loup de nouveau déguisé en mouton.

– Peter, je t'en prie...

M'man est agacée, mais elle essaie de me calmer, et c'est réconfortant.

– Ce garçon a besoin d'un psy, dit Oncle Tod.

– Tu devrais vraiment dire tout cela à ton pédiatre, ajoute Tante Leslie en s'adressant à ma maman.

– Peter Allen ! Cesse immédiatement de nous casser les oreilles.

Poussé par la simple force de l'habitude, j'arrête de hurler en entendant le ton de mon papa. Quand il parle comme ça, c'est pas de la blague.

– Mais c'est un...

Tout frissonnant, je lève les yeux vers lui en faisant bien attention de ne pas regarder Sylvia Frances.

– Pas un mot de plus ! beugle-t-il, et il montre la porte du doigt. Retourne au lit !

– Vraiment, John, tu ne crois pas qu'on devrait... proteste m'man.

Je m'accroche à elle.

– Immédiatement !

Je ne l'ai entendu parler comme cela qu'une fois ou deux. Je descends des genoux de m'man et m'enfuis. Mais maintenant que je sais ce que je sais, je ne peux pas retourner au lit et attendre que Sylvia Frances arrive, même pas avec la lumière allumée et Rick en train de ronfler dans l'autre lit.

Si c'est la guerre, alors j'ai l'intention de m'y préparer. Tout d'abord, je fourre mon Mickey géant sous les couvertures, pour faire comme si c'était moi. Puis je sors mon cache-nez de la penderie, je l'enroule autour de mon cou (une petite protection de plus n'a jamais fait de mal) et je rampe sous mon lit.

Pourtant, le jour se lève avant que je m'endorme.

*

Je passe toute la journée du lendemain à observer Sylvia Frances, ou plutôt à la guetter, car il est difficile d'observer quelqu'un qui ne se réveille jamais. C'est vrai qu'elle ne se réveille jamais. Elle dort toute la journée, jusqu'à la fin de *Ça cartoon*, jusqu'à ce que le dîner soit prêt et qu'il fasse noir dehors.

Alors elle se réveille.

En ce qui me concerne, j'ai pas besoin de preuve, mais si c'était le cas, celle-là me suffirait. Pourtant, m'man refuse de prendre la chose au sérieux.

– Mon chéri, elle vient d'un autre continent, elle prend le jour pour la nuit. Laisse-lui un peu de temps et elle se réveillera et s'endormira tout comme toi.

– Je t'assure, Emma, tu devrais en parler à ton pédiatre...

– Je sais, répond m'man, un peu sèchement, à Tante Leslie.

Puis elle sourit et me caresse les cheveux.

– Peter a seulement une merveilleuse imagination, n'est-ce pas, mon ange?

– Ce n'est pas mon imagination.

Elle est en train de couper des tomates en tranches, pour la salade, et en m'entendant crier, elle crispe la main sur le couteau.

– Elle a des crocs, m'man! Regarde-la!

Sylvia Frances, bien réveillée depuis le coucher du soleil, est assise dans sa chaise haute en train d'écraser des biscuits avec son gobelet. Elle me regarde, ses yeux brillent de méchanceté, ses lèvres s'entrouvrent pour me narguer, montrant les petites dents pointues qui révèlent ce qu'elle est. Le vacarme qu'elle fait en tapant son gobelet sur le plateau me fait mal aux oreilles, mais on dirait que les autres s'en moquent.

Les crocs sont bien visibles. Comment ma famille peut-elle encore avoir des doutes à son sujet?

Mais m'man, ma maman chérie, reste inconsciente.

– Elle a une petite malformation des dents, c'est tout, explique-t-elle avec une patience qui semble vraiment lasse. Le dentiste dit qu'on appelle cela des latérales en fuseau. Mais ce sont ses dents de lait. Elles vont tomber, tu comprends, et elle en aura d'autres, aussi jolies que les tiennes.

Mon œil, que je pense, mais je sais que rien ne pourra convaincre m'man. Va falloir que je me débrouille tout seul avec cette horrible intruse. Jetant un coup d'œil furtif sur Sylvia Frances – j'ai peur de la regarder en face –, je commence à me demander si elle peut lire dans mon esprit. Il y a une lueur, dans ses yeux, qui me fait craindre que oui.

Les vampires sont-ils télépathes[1]? Le seul que je connaisse un peu, c'est le comte de Sesame Street, et on ne peut pas le mettre dans le même panier que Sylvia Frances.

Je décide de poser la question à Rick.

1. **Télépathes** : capables de communiquer à distance par la pensée.

– Alors tu veux en savoir un peu plus au sujet des vampires, minus ?

Assis sur mon lit, il joue avec mon Nintendo et fait tomber des miettes de gâteaux sur mon édredon. Rick est un plouc répugnant, et être obligé de lui poser des questions, ça me dégoûte, mais c'est le seul qui semble disposé à prendre l'affaire au sérieux.

– Ouais.

– Je te le reproche pas, mec. Si ma sœur était un vampire, j'aurais moi aussi envie de me renseigner.

Je voudrais bien répliquer que sa sœur ressemble à un clébard et qu'il n'a pas l'air d'avoir envie d'en apprendre plus long sur les chiens, mais pour obtenir des informations, il vaut mieux que je tienne ma langue.

– Qu'est-ce que tu veux savoir ?

Il continue à jouer tout en parlant. Rick a des tas de défauts dont j'établirai la liste avec plaisir une autre fois, mais il faut reconnaître que c'est un as du Super Mario.

– Qu'est-ce qu'il faut faire pour se protéger ?

Rick sourit d'un air narquois[1].

– T'as une croix ? Non ? Eh bien, je m'en fabriquerais une, si j'étais toi. Porte-la au cou, jour et nuit. Les vampires détestent les croix.

– Bon. Et quoi d'autre ?

Ses yeux passent du jeu à moi, puis de moi au jeu, à la vitesse de l'éclair.

– Ta mère a de l'ail, dans la cuisine ?

– De l'ail ?

– Oui. Les vampires détestent l'odeur de l'ail. Si elle en a, il faut t'en frotter des pieds à la tête. Ça tient les vampires à des kilomètres de distance.

– De l'ail. Bien. Y a autre chose ?

---

1. **Narquois** : moqueur et malicieux.

– La seule manière de les tuer, c'est de leur enfoncer un pieu en bois dans le cœur. Les clouer au sol, de façon à ce qu'ils ne puissent plus courir la nuit.

Courir la nuit ? Je déglutis. Le bruit décourageant et familier jaillit de l'ordinateur, et Rick jure.

– Fous le camp, espèce de petit con ! hurle-t-il.

Son visage se crispe de colère lorsqu'il se retourne pour me lancer un regard furieux.

– Je suis mort à cause de toi !

Arrachant l'oreiller de sous sa tête, il me le jette à la figure. Sachant d'expérience que l'oreiller sera suivi d'autres projectiles si je n'obéis pas, je sors.

Je vais jusqu'en bas de l'escalier avant que m'man me tombe dessus.

– Peter, je voudrais que tu viennes avec moi dans la salle de séjour.

Quelque chose, dans sa voix, m'inquiète. Elle a l'air déterminé[1], et quand m'mam est déterminée à mon sujet, généralement j'aime pas ce qui suit. Mais quand elle me pousse devant elle dans la pièce, je suis agréablement surpris de voir qu'elle est vide.

– Assieds-toi dans le grand fauteuil.

Elle me montre du doigt le siège à dossier réglable, en cuir, près de la télévision. je hausse les épaules et m'assois.

– Oui, m'man ?

Alors je la vois. Je parle de Sylvia Frances. Elle est assise par terre, de l'autre côté de la table basse, et voilà que m'man la ramasse et me l'apporte avant que je devine ce qui va se passer.

– M'man, non !

Je me prépare à bondir du fauteuil. Mais il est trop tard. Elle laisse tomber Sylvia Frances, vlan ! sur mes genoux et le petit crapaud est si lourd que je retombe en arrière.

– Maintenant, interdit de bouger !

---

1. **Déterminé** : décidé.

M'man me tient par les épaules pour s'assurer de ma soumission.

– Je veux que tu la prennes sur tes genoux. C'est ta sœur. Je veux que tu l'aimes. C'est un bébé, Peter, rien qu'un bébé. Tu vois ?

Pendant un moment, ce n'est pas si désagréable que ça. Sylvia Frances se comporte comme un bébé ordinaire, elle mâchouille ses doigts et me regarde d'un air inquiet, comme si elle avait peur que je la fiche en l'air. Puis elle a le hoquet, et l'air si surpris que je ne peux pas me retenir de sourire. C'est vrai qu'elle est mignonne. Quand je lui souris, elle me sourit. M'man sourit aussi en nous regardant tous les deux.

– Serre-la dans tes bras, Peter.

Je suis pas encore prêt à aller jusque-là. En réalité, je suis prêt à l'ôter de mes genoux. J'esquisse le geste, mais elle est déjà en train de se tortiller pour monter sur ma poitrine.

Au moment où je la repousse, ses petites mains s'agrippent à ma chemise, elle presse sa figure contre mon cou et ses petites dents…

Elle essaie de me mordre le cou !

Je hurle et la repousse si fort qu'elle dégringole en arrière. Elle tombe par terre la tête la première, roule sur elle-même et se met à crier. Je n'attends pas de voir si m'man est vraiment folle de rage, je m'enfuis.

Je cours dans la cuisine. La porte du réfrigérateur est ouverte et le gros derrière de Tante Leslie me fait obstacle.

– Est-ce qu'on a de l'ail ?

J'essaie de dissimuler mon affolement.

Tante Leslie se retourne pour me regarder.

– Il y a du beurre d'ail. Pourquoi ?

Du beurre d'ail. C'est mieux que rien.

– Où ?

– Là.

Elle montre un tube jaune, sur une étagère.

– Pour quoi faire ?

– J'en ai besoin pour l'école.

Je tends la main pour m'en emparer.

– Pour l'école...

Mais je suis déjà parti avec mon trophée avant qu'elle puisse me questionner davantage.

Au dîner j'ai d'un côté Afton et de l'autre Oncle Tod; en face de moi Tante Leslie, Rick et Sylvia Frances dans sa chaise haute. M'man et papa sont assis à chaque extrémité de la table. M'man coupe un morceau de pain pour Sylvia Frances. On fait passer le plat.

– Il y a quelque chose qui sent drôlement mauvais, dit Afton en tendant la jatte de purée.

– Moi aussi, je sens quelque chose.

Oncle Tod renifle en regardant autour de lui.

– Ça pue le mort.

Rick fronce le nez.

– Non... l'ail.

Tante Leslie me regarde, les yeux agrandis.

– Peter, qu'est-ce que tu as fait avec le beurre d'ail?

– Quel beurre d'ail?

Ma maman veut savoir.

– C'est lui! Il sent le pain italien moisi! annonce Afton en se penchant vers moi et en reniflant d'un air dramatique. Seulement, c'est encore pire. Pouah!

– Du beurre d'ail!

Rick se tord de rire. Il rit si fort que la sauce lui dégouline de la bouche. À vomir. Je ne peux pas le regarder.

– Qu'est-ce que tu as fait, andouille? Tu t'es frotté au beurre d'ail?

C'est exactement ce que j'ai fait. Ou du moins, aux endroits où ça ne se voit pas, avec une double couche sur le cou, pour plus de sûreté. Mais je jette tout de même un regard mauvais à Rick.

– Pourquoi as-tu fait une chose pareille?

M'man me regarde fixement.

– Rick, ne dis pas d'injures à ton cousin.

Tante Leslie, aussi, me regarde fixement.

– Maman, je suis désolée, mais il pue trop. Puis-je sortir de table ?

Afton repousse sa chaise tout en s'adressant à Tante Leslie.

– Ne fais pas l'idiote, Afton, dit m'man. C'est Peter qui va quitter la table… pour aller prendre un bain. Allons, Peter.

M'man me regarde d'un air qui signifie que j'ai vraiment épuisé sa patience et se lève. Je me lève aussi et monte avec elle au premier.

Elle ne dit pas un mot jusqu'à ce que l'eau coule dans la baignoire. Alors elle se tourne vers moi. Elle est assise sur le couvercle de la cuvette des waters et, à voir son visage, on a l'impression qu'elle vient de compter jusqu'à dix peut-être un million de fois.

– Allez, déshabille-toi et… grimpe dans la baignoire.

Je baisse la tête – je déteste que m'man soit en colère contre moi – et je commence à ôter mes vêtements. Je me débarrasse de mes souliers, j'enlève mes chaussettes, je laisse tomber mon pantalon et mon slip, je fais passer mon T-shirt par-dessus ma tête, et alors, je me rappelle.

M'man l'aperçoit en même temps.

– Qu'est-ce que c'est que ça ? demande-t-elle.

Je m'empresse de remettre mon T-shirt, mais elle ne me laisse pas faire. Elle tire dessus, l'enlève sans aucun respect pour mes oreilles, et contemple mon torse.

– C'est une croix. Tu t'es dessiné une croix sur la poitrine ! À l'encre de Chine !

J'étais désespéré. Le beurre d'ail ne marcherait peut-être pas, aussi j'avais besoin d'une sauvegarde. La ligne verticale de la croix partait du petit creux qu'il y a sous mon cou et descendait jusqu'à mon nombril. L'horizontale s'étendait d'un sein à l'autre.

– Pourquoi ? demande m'man. Pourquoi ?

Elle a l'air catastrophé. Il faut que je lui dise la vérité.

– Pour me protéger de Sylvia Frances. C'est un vampire, m'man, je t'assure ! Elle…

– Je ne veux plus t'entendre parler de vampire ! s'écrie m'man. Tu as compris !

J'ai compris. Quand elle crie, ce n'est pas pour rien.

Plus tard, je me couche et je fais semblant de dormir – je ne pourrais pas vraiment, avec Sylvia Frances dans la maison, prête à sauter sur moi –, lorsque Rick entre.

– Bon Dieu ! t'es vraiment stupide, me dit-il.

Je suis dans mon lit, ce soir. J'ai pas osé me planquer en dessous de peur que m'man arrive et, devinant pourquoi je fais ça, ne pique une crise. L'édredon recouvre à moitié mon visage, et toute personne normale supposerait que je dors et me laisserait tranquille.

Ce qui exclut Rick, je suppose, Il continue à me parler comme s'il pensait que je peux l'entendre.

– Ta mère jure, tellement elle est en colère. (Je l'entends qui se déshabille.) Ma mère pense que t'es mûr pour la maison de fous et mon père que t'as toujours été dingue. Ton père s'est drôlement disputé avec ta mère, parce qu'elle t'a trop gâté qu'il dit, et voilà le résultat. Personne ne se parle plus et nous, on part demain matin. Tout ça à cause de toi, espèce d'avorton.

Je ne réponds pas, mais j'ai envie de vomir. Je n'aime pas que ma maman et mon papa se disputent. Le lit grince quand Rick se jette dessus.

– J'éteins la lumière, dit-il en chantonnant méchamment.

Et il s'exécute.

Je déteste le noir. Ça vous donne la chair de poule, même si on garde les yeux fermés. Les choses ne sont pas pareilles, dans l'obscurité. Le parquet craque. La plomberie pousse des gémissements. Les volets claquent. Du moins, j'espère que les bruits, c'est bien ça.

Très vite, les ronflements de Rick se joignent au pot-pourri.

Puis je l'entends : ça glisse sur le sol, ça rampe, et c'est un bruit comme j'en ai jamais entendu dans ma maison.

J'écoute avec une telle attention que j'en oublie de respirer.

Qu'est-ce que c'est?

Ça continue à approcher, ça se coule, ça se traîne sur le bois poli du couloir. Puis ça s'arrête, et je commence à me détendre – jusqu'à ce qu'il me vienne à l'esprit que le bruit ne s'est peut-être pas arrêté si la chose est passée du parquet à la moquette, qui étouffe le bruit.

Ma moquette.

Quoi que ce soit, c'est dans ma chambre !

Je rejette l'édredon qui était sur ma figure et m'assois brusquement – pour me retrouver face à face avec la créature que je crains le plus.

Sylvia Frances est au pied de mon lit. Elle s'est agrippée au panneau en chêne, seuls le haut de sa tête et ses yeux sont visibles. Dans l'obscurité, ses pupilles luisent d'un éclat rouge et malveillant. Nous nous regardons fixement une seconde, pas plus. Puis, pendant que je la regarde, elle semble grandir. Son visage, puis son corps, apparaissent au-dessus du panneau. Je sais qu'elle flotte dans l'air, qu'elle est en lévitation – même si une âme avertie pourrait supposer qu'elle est seulement en train de se hisser sur le lit –, et je m'aperçois aussi que tout ce que je pouvais imaginer de pire est vrai.

Elle me sourit tout en se hissant à toute vitesse vers ma gorge, d'un grand sourire bouche ouverte révélant les crocs qui l'ont d'abord trahie à mes yeux.

Je hurle et elle tend ses petites mains de bébé vers moi, l'air menaçant, sûre d'elle maintenant qu'elle assume sa vraie forme. Je sais que je n'ai plus que quelques secondes à vivre.

Mais je me suis préparé et je veux survivre. En une dernière tentative désespérée, mes mains se glissent sous l'oreiller et ressortent – armées d'un piquet de bois multicolore emprunté à mon jeu de croquet. Je l'ai caché là avant de me pelotonner dans mon lit comme un agneau voué au sacrifice.

Avec une force née de ma terreur, je frappe. La chose qui est Sylvia Frances tombe sur le matelas à côté de moi. Ses mains se tendent de nouveau, elle lutte pour se retourner – et je sais que le moment de vérité est proche.

Je m'agenouille et je plonge le piquet de toutes mes forces dans sa poitrine.

Il traverse sans rencontrer de résistance le surpyjama et la tendre chair de bébé. J'entends un faible gargouillis et sens, contre mon poing crispé, la chaude humidité du sang qui jaillit.

Rick s'agite, se redresse dans le lit voisin. J'entends m'man hurler, sur le pas de la porte.

Arrêt sur lecture 4

Un quiz pour commencer

Cochez les bonnes réponses.

❶ *Dans « Petite sœur ou bien... », qui est le narrateur ?*

- ❐ L'oncle Tod.
- ❐ Rick.
- ❐ Peter.

❷ *Qui est Sylvia Frances ?*

- ❐ La sœur du narrateur.
- ❐ La tante du narrateur.
- ❐ La mère du narrateur.

❸ *Qu'est-ce que Sylvia Frances a fait à la figurine de Peter ?*

- ❐ Elle l'a tordue.
- ❐ Elle l'a cassée.
- ❐ Elle l'a mordillée.

❹ *Qui dort dans la chambre de Peter ?*

- ❐ Son cousin.
- ❐ Son meilleur ami.
- ❐ Sa petite sœur.

❺ *Pourquoi la mère de Peter lui met-elle sa sœur sur les genoux ?*

- ❐ Pour qu'il la garde pendant qu'elle prépare le repas.
- ❐ Pour qu'il apprenne à l'aimer.
- ❐ Pour qu'il se tienne tranquille.

❻ *Que croit Peter ?*

- ❐ Que sa sœur est un vampire.
- ❐ Que sa cousine est un vampire.
- ❐ Que son cousin Rick est un vampire.

❼ *Comment Peter se protège-t-il ?*

- ❐ Il s'enferme à double tour dans sa chambre.
- ❐ Il vole un revolver.
- ❐ Il se dessine une croix sur le corps.

❽ *Pourquoi le repas du soir est-il interrompu ?*

- ❐ Parce que Peter sent mauvais.
- ❐ Parce que Sylvia Frances est tombée de sa chaise.
- ❐ Parce que Rick s'est battu avec Peter.

❾ *Que devient Sylvia Frances à la fin de la nouvelle ?*

- ❐ Elle retourne en Roumanie.
- ❐ Elle est tuée.
- ❐ Elle change de famille d'accueil.

Des questions pour aller plus loin

Étudier l'hésitation propre au récit fantastique

Une famille ordinaire

❶ Faites le portrait du narrateur en vous appuyant sur des passages précis du texte.
❷ D'où vient Sylvia Frances ? Quels sentiments Peter éprouve-t-il à son égard ?
❸ Quelle image le narrateur nous donne-t-il de sa famille ? Quelle impression cela donne-t-il au lecteur ?
❹ Décrivez les membres de la famille de Peter. Dites ce que chacun d'eux pense du narrateur.

Une fillette inquiétante ?

❺ Quel est le comportement de Sylvia Frances à l'égard de son frère ? Que fait-elle pour le mettre en colère ?
❻ Comment peut-on expliquer de façon rationnelle le comportement de Sylvia Frances avant la scène du meurtre ?
❼ Dans la scène du meurtre (p. 93-95, l. 602-653), quelles informations peuvent nous faire douter de la véracité du récit de Peter ? Comment s'expliqueraient alors les différents éléments de la scène ?
❽ Quelles caractéristiques Sylvia Frances partage-t-elle avec les vampires ?

Une autre lecture de la nouvelle

❾ Qui suggère le premier que Sylvia Frances est un vampire ? À quelle occasion et dans quel but ?

⑩ Rick croit-il comme Peter que Sylvia Frances est un vampire ? Relevez les propos qui nous indiquent ce qu'il pense vraiment.
⑪ Quels indices dans la façon de parler et dans les actes de Peter montrent qu'il est encore un enfant ?
⑫ Quelles explications les adultes donnent-ils au comportement de Peter ? Ces explications sont-elles convaincantes pour le lecteur ?
⑬ Qui est le principal auteur des actes ou pensées violentes dans le texte ? Que peut-on en conclure ?

Rappelez-vous !
Le fantastique est souvent défini comme l'intrusion d'un phénomène étrange et inquiétant dans un univers quotidien, le nôtre. Il suppose de plus une hésitation, maintenue le plus longtemps possible entre deux explications des faits étranges, l'une rationnelle, l'autre irrationnelle. Comme le lecteur de « Petite sœur ou bien... » qui se demande si Sylvia Frances est un vampire ou non.

De la lecture à l'écriture

Des mots pour mieux écrire

❶ ***Complétez chacune des phrases suivantes avec les mots qui conviennent en les accordant si nécessaire :*** **enthousiasme, humiliation, jaloux, furieux, désapprobateur, malveillance.**

a. Peter est _________ lorsqu'il découvre que sa figure est abimée.
b. C'est sans grand _________ que Peter voit tout le monde s'empresser autour du bébé.

c. Depuis que Rick est arrivé, Peter est l'objet de multiples _________ de la part de son cousin.
d. Afton porte sur son cousin un regard _________ , elle le traite même de bébé.
e. On peut s'interroger : Sylvia Frances est-elle capable de _________ à l'égard de son frère ou bien ce dernier n'est-il pas plutôt _________ ?

❷ a. ***Trouvez quatre mots de la même famille que le verbe*** « mordre » ***et expliquez leur composition.***
b. ***Employez les mots que vous aurez trouvés dans une phrase qui en éclairera le sens.***

À vous d'écrire

❶ Racontez la première rencontre de Peter et Sylvia Frances à l'aéroport.
Consigne. Vous adopterez le point de vue de Peter et ferez un récit à la première personne.

❷ Rédigez un article de journal qui rendra compte de l'assassinat de Sylvia Frances par son frère.
Consigne. Vous soignerez la présentation de votre texte en imitant celle d'un article de faits divers (titre, chapeau, corps de l'article) et vous y insèrerez deux paroles que vous attribuerez à l'un des personnages de la nouvelle.

Monsieur Alucard

de David A. Johnstone
1967

La pendule à gaine sonnait sept heures lorsque Mme Grimm ferma les lourds rideaux de brocart[1] devant la fenêtre, après avoir vu les feux arrière du dernier car de touristes disparaître parmi les arbres, dans l'ombre du crépuscule. Une autre journée avait pris fin, et la vieille dame poussa un soupir de lassitude. Il lui restait encore pas mal de nettoyage à faire avant de pouvoir s'installer au coin du feu pour regarder ses programmes de télévision préférés.

Depuis son emménagement au château, Mme Grimm avait demandé à la compagnie d'électricité de ne poser de fils que dans sa petite cuisine. Le reste de la bâtisse restait plongé dans l'obscurité. Personne ne venait jamais après le coucher du soleil. Et, dans le cas où cela se produirait, il y avait trois lanternes à huile et des quantités de bougies.

Tandis qu'elle parcourait lentement le vestibule, elle fut très contrariée d'observer des empreintes digitales graisseuses sur les armures. Après avoir atteint la porte d'entrée, elle tourna péniblement l'énorme clé dans la serrure en murmurant : « Ah, je me sens mieux. » Pourtant, Mme Grimm n'avait jamais pu s'habituer au silence qu'amenait le soir : finis les cris poussés par des enfants insolents, les exclamations de surprise de leurs parents, le martèlement des talons hauts dans les couloirs, le claquement des sandalettes sur les marches de bois de l'escalier.

À présent, le calme régnait dans le château. Des chauves-souris voletaient devant les fenêtres ; un hibou hululait quelque part.

1. **Brocart** : riche tissu de soie brodé de fils d'or.

Mme Grimm frissonna dans l'air froid du vestibule. Bientôt ce serait la fin de l'année, la fin des visites organisées en cars venus de Londres. La vie serait bien solitaire sans les touristes pendant l'hiver… et que ferait le pauvre M. Alucard?

La pensée de M. Alucard la tira brusquement de sa rêverie. Elle se hâta de gagner la porte de la cave, où le bougeoir l'attendait. Elle fouilla maladroitement dans la boîte d'allumettes et, dans sa précipitation, elle en cassa deux avant de réussir à allumer la bougie.

Enfin, elle ouvrit la lourde porte et descendit les degrés[1] de pierre. Au centre de la cave se trouvait un cercueil. Elle s'en approcha et frappa un coup sec sur le couvercle.

Le bruit se répercuta dans la cave tandis qu'un autre son provenait de l'intérieur de la bière[2]. Mme Grimm souleva le couvercle, et son visage se creusa de rides douloureuses tandis que les charnières grinçaient.

– Nous allons avoir une agréable soirée, monsieur Alucard. dit-elle.

M. Alucard se dressa sur son séant, clignant les paupières à la clarté de la bougie.

– Bonsoir, madame Grimm, dit-il. Comment s'est passée la journée?

– Ma foi, comme d'habitude. Mais, en fait, il y a eu pas mal de monde: les familles des aviateurs de la base de l'American Air Force. Je dois reconnaître que les gosses se sont très bien tenus.

– Ah, oui! Les «Yanks», comme les appellent les gens du village.

M. Alucard sortit du cercueil avec précaution et s'épousseta. Quelques fragments de terre adhérant encore à son dos, Mme Grimm les fit tomber du plat de la main. Il prit le bougeoir et gagna l'escalier, puis ajouta par-dessus son épaule:

---

1. **Degrés** : marches d'un escalier.
2. **Bière** : cercueil.

– J'espère qu'ils ont été plus propres que ces Londoniens de l'autre jour.

– Ma foi, je ne peux pas dire qu'il y ait une grande différence entre les deux : c'est toujours la même quantité de papiers à envelopper des bonbons, de paquets de cigarettes et de bouteilles de Coca-Cola vides. Mais, je suis heureuse de le dire, pas de coquilles de bigorneaux[1] ni de boîtes de Guinness.

M. Alucard riait pendant qu'il montait les marches en compagnie de Mme Grimm. Les deux silhouettes, dont l'une projetait sur le mur une ombre dansante assez bizarre, traversèrent le vestibule après avoir laissé la porte de la cave ouverte (« pour renouveler l'air », expliqua Mme Grimm).

Elle poussa la porte de sa cuisine, puis s'effaça devant son compagnon.

– Entrez donc, monsieur Alucard, je vais nous préparer une bonne tasse de thé.

Bien qu'il travaillât au château depuis plus de quatre mois, M. Alucard n'avait encore jamais pénétré dans le sanctuaire de Mme Grimm. Il dut courber sa haute taille pour y entrer. Quand il fut dans la pièce, la lumière électrique lui blessa la vue ; il cligna rapidement les paupières, car il sentait des larmes lui brûler le coin des yeux.

– Asseyez-vous, monsieur Alucard, je vous en prie, s'écria Mme Grimm en s'affairant à débarrasser les fauteuils des revues qui les encombraient.

Une grosse chatte au pelage orange, en train de faire sa toilette près de l'âtre[2] rougeoyant, se raidit et arqua les reins en voyant approcher M. Alucard.

– Allons, Sheba, ne commence pas à cracher, dit Mme Grimm. Ce n'est que M. Alucard qui vient prendre une bonne tasse de thé avec nous.

1. **Bigorneaux** : petits coquillages.
2. **Âtre** : cheminée.

Mais la chatte s'éloigna à reculons et se réfugia sous un fauteuil. Mme Grimm versa l'eau bouillante dans la théière.

– Ne faites pas attention à cette petite sotte, dit-elle. Mais c'est drôle, vous savez : elle ne crache jamais sauf quand elle vous rencontre.

– Cela n'a aucune importance, déclara M. Alucard d'une voix douce.

– Et comment trouvez-vous ma cuisine ?

– Vraiment charmante.

– Il faudra que vous veniez plus souvent le soir prendre le thé avec moi. Dieu sait que vous devez en avoir besoin après avoir passé toute la journée dans ce vieux cercueil glacé !

Elle lui tendit une tasse qu'il prit mais ne porta pas à ses lèvres, puis elle poursuivit :

– En tout cas, je vous suis très reconnaissante de l'idée que vous avez eue. Ça a marché merveilleusement. Jamais je n'avais fait de pareilles recettes. *Allez voir le Vampire dormant dans son cercueil : 5 shillings de supplément !* Personne ne résiste à cette annonce. Les demi-couronnes sortent si vite de leurs poches et de leurs sacs que j'en ai le souffle coupé. Je n'aurais jamais cru que les gens étaient si morbides. Malgré ça, tout le monde n'accepterait pas de faire un pareil métier, monsieur Alucard.

– Mais j'aime mon métier, chère madame. Il m'a toujours été facile de dormir pendant le jour, et, naturellement, j'ai un autre travail pendant la nuit.

Mme Grimm eut grande envie de lui demander en quoi consistait cet autre travail ; mais, naturellement, la politesse lui interdisait une indiscrétion de ce genre.

– Ma foi, il faut de tout pour faire un monde, dit-elle aimablement en trempant un biscuit dans sa tasse. Mais vous ne buvez pas, monsieur Alucard ; votre thé va être froid. Voyons, ne soyez pas timide !

– Je ne suis pas timide, chère madame, et je ne voudrais pas que vous me croyiez impoli, seulement je ne prends jamais le thé.

– Ah ! dit Mme Grimm, interloquée[1], car elle ne parvenait pas à croire qu'il existait des gens qui ne prenaient pas de thé.

M. Alucard se leva brusquement, et Sheba, qui s'était aventurée hors de sa retraite pour laper un peu de lait dans une soucoupe placée sur le plancher par sa maîtresse, battit en retraite une fois encore sous le fauteuil.

– Il faut que je parte, déclara-t-il.

– Comment, déjà ? s'exclama son hôtesse, qui avait espéré une longue conversation avec lui. Je voulais vous parler d'un des petits Américains d'aujourd'hui. Il a dit que vous étiez si froid que vous deviez être mort. J'avais à peine relevé le couvercle quand il a étendu la main en criant à sa sœur : « Regarde, ma vieille ! je vais réveiller le Vampire ! »

– Les gosses ont du toupet à notre époque, dit M. Alucard en souriant. Mais il n'y a pas de mal du moment qu'ils n'apportent pas avec eux des pieux aiguisés.

Dans l'esprit de Mme Grimm s'évanouirent toutes les questions qu'elle avait pensé pouvoir lui poser : sur son travail de nuit, sur l'origine du vieux cercueil qu'il avait apporté au château le soir de son arrivée… Peut-être trouverait-elle une autre occasion avant la fin de la saison.

– Bonne nuit, madame Grimm, dit-il au moment de franchir le seuil, en découvrant ses longues dents blanches dans un sourire aimable.

Quand il eut disparu, Mme Grimm referma la porte et se rassit. Sheba sauta sur ses genoux.

– Tu as été très grossière avec M. Alucard, dit la vieille dame en caressant la fourrure orange. C'est un homme très gentil et nous lui devons beaucoup. Sans son idée, nous n'aurions pas ramassé la moitié de l'argent dont j'ai besoin pour entretenir ce vieux château.

Après avoir avalé une gorgée de thé, elle se mit à compter la recette de la journée.

---

1. **Interloquée** : étonnée, stupéfaite.

Arrêt sur lecture 5

Un quiz pour commencer

Cochez les bonnes réponses.

❶ *Où l'histoire de « Monsieur Alucard » se passe-t-elle ?*
- ❒ En Angleterre.
- ❒ En Roumanie.
- ❒ Aux États-Unis.

❷ *Que sait-on du château de Mme Grimm ?*
- ❒ Il est hanté.
- ❒ Il est en ruines.
- ❒ Il est ouvert aux touristes.

❸ *Dans ce château, avec qui Mme Grimm vit-elle ?*
- ❒ Avec son mari.
- ❒ Avec son chat.
- ❒ Avec ses domestiques.

4 *Comment qualifier les rapports entre M. Alucard et Mme Grimm ?*

- ☐ Ils sont difficiles.
- ☐ Ils sont indifférents.
- ☑ Ils sont courtois.

5 *Depuis combien de temps Mme Grimm héberge-t-elle M. Alucard ?*

- ☐ Depuis une dizaine de jours.
- ☐ Depuis plus de quatre mois.
- ☐ Depuis deux ans.

6 *Comment M. Alucard aide-t-il Mme Grimm ?*

- ☐ Il surveille l'entrée de son château.
- ☑ Il chasse les visiteurs trop curieux.
- ☐ Il attire les touristes.

7 *Qui est réellement M. Alucard ?*

- ☑ Un vampire.
- ☐ Un comédien.
- ☐ Un représentant.

8 *Quel sentiment Mme Grimm éprouve-t-elle pour M. Alucard ?*

- ☑ De la peur.
- ☐ De la reconnaissance.
- ☐ Du désintérêt.

9 *Que prouve la dernière réplique de Mme Grimm ?*

- ☐ Qu'elle a découvert l'identité de son hôte.
- ☐ Qu'elle ignore l'identité de son hôte.
- ☑ Qu'elle est sur le point de découvrir l'identité de son hôte.

Des questions pour aller plus loin

Découvrir une histoire de vampires comique

Un vampire assurément

❶ Où et quand se situe l'histoire racontée dans « Monsieur Alucard » ? Retrouve-t-on le cadre attendu d'une nouvelle de vampires ?
❷ Pourquoi M. Alucard vit-il dans le château ?
❸ Qu'est-ce qui permet au lecteur de penser que M. Alucard est un vampire ?
❹ Mme Grimm a-t-elle conscience de la véritable identité de M. Alucard ?

Un vampire pour rire

❺ À votre avis, pourquoi l'auteur a-t-il choisi de nommer ses personnages : Mme Grimm, M. Alucard et Sheba ? À quoi ces noms font-ils référence ?
❻ À quel propos l'argent est-il évoqué dans la nouvelle ? Comment Mme Grimm a-t-elle augmenté ses recettes ?
❼ En quoi M. Alucard est-il un vampire différent des autres dans ses propos et sa façon de se comporter ?
❽ Quel est le personnage qui provoque le rire dans cette nouvelle ? Pourquoi ?
❾ Cherchez le mot « parodie » dans le dictionnaire. En quoi cette nouvelle peut-elle être qualifiée de parodique ?

Rappelez-vous!
Dans cette nouvelle, l'effet comique nait de la situation du personnage principal. Il prête à rire car il ne comprend pas ce qui lui arrive.

De la lecture à l'écriture

Des mots pour mieux écrire

❶ ***Dans les lignes 15 à 41, relevez les termes appartenant au champ lexical du* son. *Classez-les selon qu'il s'agit d'un son fort ou faible et d'un son agréable ou désagréable.***

❷ **a. *Dites à quel champ lexical appartiennent les mots suivants:*** aimablement, grossière, indiscrétion, insolent, politesse.
b. *Employez chacun d'eux dans une phrase qui en éclairera le sens.*

À vous d'écrire

❶ Tous les matins, en rentrant de son travail nocturne, M. Alucard tient son journal. Imaginez la page qu'il écrit à la suite de sa conversation avec Mme Grimm.
Consigne. Vous ferez un récit à la première personne et vous mettrez en valeur les sentiments que M. Alucard éprouve envers Mme Grimm.

❷ À votre tour, écrivez la parodie d'un récit fantastique que vous avez lu récemment.

Consigne. Votre récit d'une vingtaine de lignes sera rédigé à la troisième personne et au passé simple. L'effet comique de votre texte naîtra de la situation des personnages.

Du texte à l'image

➡ Max Schreck dans *Nosferatu le vampire*, film de F. W. Murnau, 1922.
Bela Lugosi dans *La Marque du vampire*, film de T. Browning, 1935.
(Images reproduites en fin d'ouvrage, au verso de la couverture.)

Lire l'image

❶ Comparez les personnages de ces deux photographies.

❷ À votre avis, les deux personnages représentent-ils le même type de créatures ? Comment le devinez-vous ?

❸ Quelle atmosphère se dégage de ces deux photographies ?

❹ Quel effet produit le noir et blanc ?

Comparer le texte et l'image

❺ Laquelle de ces deux images vous paraît illustrer le mieux la nouvelle « Monsieur Alucard » ?

❻ Quels passages du texte ces photographies pourraient-elles illustrer ?

À vous de créer

❼ Imaginez un dialogue entre ces deux vampires. Les deux personnages échangent dix répliques.

❽ Recherchez sur Internet ou au CDI de votre collège d'autres photos tirés de films de vampires puis constituez un dossier que vous présenterez à vos camarades.

Arrêt sur l'œuvre

Des questions sur l'ensemble des nouvelles

Des vampires bien différents

❶ Relevez le nom des vampires (ou supposés vampires) dans les cinq nouvelles. Dites pour chacun d'eux ce que l'on sait de leur identité et du lieu où ils vivent.
❷ Quels sont les points communs et les différences entre ces vampires ? À partir de votre réponse, dressez un « portrait-robot » du parfait vampire.
❸ Dans les nouvelles que vous avez lues, qui sont les victimes des vampires ? Les vampires sont-ils toujours victorieux ?

Des nouvelles fantastiques

❹ Quels sont les phénomènes étranges auxquels sont confrontés les personnages principaux des trois premières nouvelles du recueil ? Comment réagissent-ils à ces différents phénomènes ?
❺ Le lecteur peut-il trouver une explication rationnelle aux phénomènes étranges de chacune des nouvelles ?

❻ Quelle autre explication peut-on leur trouver ? S'agit-il d'une explication par l'irrationnel ? Le lecteur est-il conduit à choisir l'une de ces deux explications ? Laquelle ?

Un jeu avec la peur

❼ Quels sont les vampires qui vous semblent réellement inquiétants ? Pour quelles raisons ?
❽ Quels sont les personnages du recueil qui ressentent de la peur à un moment ou à un autre ? Pourquoi ?
❾ Une fois cette peur passée, que deviennent ces personnages ? Vous rappellerez pour chaque personnage quelle a été sa première réaction.
❿ En quoi « Monsieur Alucard » se distingue-t-elle des autres nouvelles ?

Des mots pour mieux écrire

Lexique de la peur

Angoisse : inquiétude intense liée à une situation d'attente.
Appréhension : fait d'envisager quelque chose avec inquiétude, avec crainte.
Crainte : sentiment de peur en face de quelqu'un ou de quelque chose.
Effroi : grande frayeur, souvent mêlée d'horreur, qui glace et qui saisit.
Épouvante : peur violente, profonde et soudaine causée par quelque chose de menaçant et d'effrayant (souvent de caractère extraordinaire, inhumain...).
Frayeur : peur très vive, généralement passagère.
Horrible : qui inspire de l'épouvante, de l'effroi.
Inquiétude : trouble causé par la crainte, l'appréhension.
Panique : terreur extrême et soudaine, généralement irraisonnée, et souvent de caractère collectif.
Stupeur : étonnement si profond qu'il empêche toute réaction.
Terreur : peur extrême qui affole, bouleverse, et paralyse.

Mots croisés

Tous les mots à placer dans cette grille simplifiée se trouvent dans le lexique de la peur (p. 115).

Horizontalement

1. Frayeur, épouvante.
2. Forte anxiété.
3. Fait d'appréhender quelque chose.
4. Peur très forte, paralysante.

Verticalement

A. Peur irraisonnée qui peut affecter une foule.
B. Vive surprise qui empêche de réagir.
C. Qui inspire l'horreur.
D. Sentiment d'inquiétude.

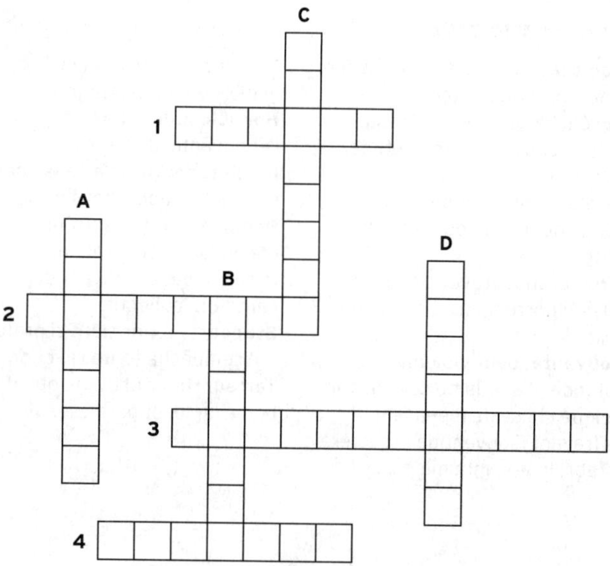

Lexique de la mort

Agonisant : personne en train de mourir.
Bière : caisse longue où l'on enferme un mort, cercueil.
Cadavéreux : qui tient du cadavre.
Dépouille : corps humain après la mort, cadavre.
Funérailles : ensemble des cérémonies accomplies pour rendre les derniers devoirs à un mort.
Funéraire : qui concerne les morts et leur commémoration.
Inhumer : mettre en terre.
Lémure : spectre d'un mort revenant tourmenter les vivants.
Linceul : morceau de toile dans lequel on enveloppe un mort avant de l'enterrer.
Mausolée : monument funéraire de très grandes dimensions.
Nécropole : vaste cimetière antique, souterrain ou à ciel ouvert.
Sépulcral : qui évoque la tombe, la mort.
Sépulture : lieu où est déposé le corps d'un défunt.

Complétez les phrases suivantes à l'aide des mots du lexique de la mort.

a. Quand un homme politique important ou un écrivain célèbre meurt, il a droit à des _________ nationales.
b. Après des mois de lutte contre la maladie, mon voisin a commencé à guérir. Cependant il avait encore une voix _________ et un teint _________.
c. Le cimetière du Père-Lachaise est un véritable lieu touristique : on y vient de partout pour rendre hommage aux gens célèbres et admirer de très beaux _________.
d. Tous les matins, au lever du jour, le vampire s'enroule dans son _________ et s'endort dans sa _________, il ne se réveillera qu'à la nuit tombée.
e. Dans la _________, les archéologues ont trouvé des vestiges et des reliques qui permettent de mieux comprendre les rites _________ antiques.

Lexique du vampire

Ail : son odeur est supposée indisposer le vampire, c'est pourquoi on conseille de se parer de gousses d'ail pour l'éloigner.
Chauve-souris : l'une des transformations possibles du vampire, animal auquel le vampire est souvent associé (par analogie à son mode de vie nocturne et à son aspect).
Crépuscule : c'est l'heure attendue par les vampires pour se réveiller sans risquer d'être atteint par un rayon de soleil qui leur serait fatal.
Gorge : C'est le morceau de choix du repas d'un vampire, l'endroit qu'il préfère mordre pour s'abreuver.
Goule : femme vampire dans les légendes orientales.
Pieu : morceau de bois dont une des extrémités est destinée à être plantée en terre, à l'origine, on plantait un pieu dans le corps de certains morts pour les ficher en terre et les empêcher de devenir des revenants, c'est par la suite devenue l'arme la plus efficace pour tuer les vampires.
Reflet : son absence est le signe indéniable qu'on est en présence d'un vampire, l'image d'un vampire n'est renvoyée par aucun miroir.
Sang : nourriture du vampire.
Terre : dans son cercueil, le vampire emporte souvent un peu de terre de son lieu d'origine.

Mots cachés

Retrouvez dans la grille ci-dessous tous les mots du lexique du vampire. (De gauche à droite, de haut en bas ou de biais.)

A	I	J	X	R	E	Y	T	N	H	Z	P	X
C	H	A	U	V	E	-	S	O	U	R	I	S
R	G	O	T	W	S	U	A	I	L	K	E	Z
E	C	R	E	F	L	E	T	M	N	B	U	A
P	T	M	F	U	A	V	E	N	F	R	E	R
U	E	R	A	V	I	W	Y	N	R	A	U	U
S	R	D	X	S	L	S	A	G	O	R	G	E
C	R	M	E	T	R	B	A	M	I	X	O	N
U	E	Q	P	S	O	Q	P	N	D	Z	U	E
L	Z	E	A	R	I	E	T	J	G	J	L	I
E	C	D	X	F	U	R	S	G	Y	G	E	L
B	I	N	V	I	T	A	T	I	O	N	Z	W

À vous de créer

❶ *Adapter l'une des nouvelles du recueil en bande dessinée*

Pour réaliser votre planche de bande dessinée, procédez dans l'ordre :

– Relisez la nouvelle que vous avez préférée.

– Choisissez la scène ou le passage que vous allez adapter.

– Réalisez au brouillon le découpage en vignettes de la scène choisie.

– Rédigez les dialogues en prenant garde de ne pas trop écrire. (Les bulles ne doivent pas prendre toute la place de la vignette.)

– Choisissez un univers graphique cohérent : noir et blanc, gris ou couleurs.

Pour vous aider, rendez-vous au CDI de votre établissement ou à la bibliothèque municipale : vous trouverez sans doute des histoires adaptées en bandes dessinées.

❷ *Rédiger votre définition de la nouvelle vampirique*

Vous vous inspirerez de la manière dont le roman gothique était défini ironiquement à la fin du XVIIIe siècle :

« Un vieux château dont la moitié est en ruine, un long corridor, avec beaucoup de portes, dont plusieurs doivent être cachées, trois cadavres encore tout sanglants, trois squelettes bien emballés, une vieille femme pendue, avec quelques coups de poignard dans la gorge, des voleurs et bandits à discrétion, une dose suffisante de chuchotements, de gémissements étouffés et d'horribles fracas. Tous ces ingrédients, bien mêlés et partagés en trois portions ou volumes, donnent une excellente mixture que tous ceux qui n'ont pas le sang noir pourront prendre dans leur bain immédiatement avant de se coucher. On en sentira le meilleur effet. »

Vous pourrez présenter votre définition sous la forme d'une recette de cuisine ou d'un mode d'emploi.

Groupements de textes

Face à face avec un monstre

Mary Shelley, *Frankenstein ou le Prométhée moderne*

Mary Shelley (1797-1851) est une romancière britannique. Au cours d'un séjour en Suisse, Lord Byron propose à ses amis d'écrire, chacun à son tour, une histoire de revenants. C'est ainsi qu'est né *Frankenstein*, un récit terrifiant dans lequel un jeune savant, Victor Frankenstein, parvient à créer un être à partir de cadavres. Un soir, grâce à l'électricité d'un orage, la créature s'anime sous les yeux de son créateur.

Il était déjà une heure du matin. La pluie tambourinait lugubrement sur les carreaux, et la bougie achevait de se consumer. Tout à coup, à la lueur de la flamme vacillante, je vis la créature entrouvrir des yeux d'un jaune terne. Elle respira profondément, et ses membres furent agités d'un mouvement convulsif.

Comment pourrais-je dire l'émotion que j'éprouvais devant cette catastrophe, ou trouver les mots pour décrire l'être repoussant que j'avais créé au prix de tant de soins et de tant d'efforts ? Ses membres étaient, certes, bien proportionnés, et je m'étais efforcé de conférer à ses traits une certaine beauté. De la beauté ! Grand Dieu ! Sa peau jaunâtre dissimulait à peine le lacis sous-jacent de muscles et de vaisseaux sanguins. Sa chevelure était longue et soyeuse, ses dents d'une blancheur nacrée, mais cela ne faisait que mieux ressortir l'horreur des yeux vitreux, dont la couleur semblait se rapprocher de celle des orbites blafardes dans lesquelles ils étaient profondément enfoncés. Cela contrastait aussi avec la peau ratatinée du visage et de la bouche rectiligne aux lèvres presque noires.

Bien que multiples, les péripéties de l'existence sont moins variables que le sont les sentiments humains. Pendant deux années, j'avais travaillé avec acharnement, dans le seul but d'insuffler la vie à un organisme inanimé. Je m'étais pour cela privé de repos, et j'avais sérieusement compromis ma santé. Aucune modération n'était venue tempérer mon ardeur. Et pourtant, maintenant que mon œuvre était achevée, mon rêve se dépouillait de tout attrait, et un dégoût sans nom me soulevait le cœur.

Ne pouvant supporter davantage la vue du monstre, je me précipitai hors du laboratoire. Réfugié dans ma chambre à coucher, je me mis à aller et venir, sans pouvoir me résoudre à chercher le sommeil.

Mary Shelley, *Frankenstein ou le Prométhée moderne* [1817],
trad. de l'anglais par J. Ceurvost, Marabout, 1964.

Robert Louis Stevenson, *L'Étrange Cas du docteur Jekyll et de M. Hyde*

Grand classique de la littérature fantastique, *L'Étrange Cas du docteur Jekyll et de M. Hyde* est l'œuvre de Robert Louis Stevenson (1850-1894), un écrivain écossais rendu célèbre trois ans auparavant grâce à son roman d'aventures, *L'Île au trésor*. Charles Utterson, notaire, enquête sur les rapports étranges qu'entretient le docteur Jekyll, un médecin réputé, avec Edward Hyde, un homme brutal et sans éducation, suspecté de meurtres. Comment un être aussi savant, distingué que Jekyll peut-il abriter sous son toit un être aussi rude que Hyde ?

Le notaire resta interdit après que M. Hyde l'eut quitté, l'image même du désarroi. Puis il repartit lentement vers le haut de la rue, s'arrêtant pratiquement à chaque pas, portant la main à son front, comme un homme en proie à la plus profonde perplexité.

Le problème qu'il essayait de résoudre ainsi, tout en marchant, était de ceux qui trouvent rarement une solution. M. Hyde était pâle et minuscule ; il donnait une impression de difformité sans qu'on pût voir en lui la moindre malformation ; il avait un sourire déplaisant, il s'était comporté envers le notaire avec la crainte et l'effronterie qui caractérisent les criminels, et il parlait d'une voix voilée, chuintante et brisée – tous ces points jouaient en sa défaveur, mais pris tous ensemble ils ne suffisaient pas à expliquer le dégoût jusqu'alors inconnu, la répulsion et la peur qu'il inspirait à M. Utterson.

« Il y a sûrement autre chose », se disait le notaire, de plus en plus perplexe. « Il y a quelque chose de plus, et j'aimerais bien pouvoir mettre un nom dessus. Dieu me pardonne, cet homme n'a pratiquement rien d'humain ! On dirait même qu'il y a en lui de l'homme des cavernes, ou bien est-ce encore la vieille histoire du docteur Fell ? À moins qu'il ne s'agisse tout simplement d'une âme damnée dont le rayonnement mauvais transpire à travers son enveloppe d'argile, et la transforme ? Oui, c'est sûrement cela ! Ô mon pauvre Harry Jekyll, si jamais j'ai vu la signature de Satan sur un visage, c'est sur celui de votre nouvel ami ! »

Robert Louis Stevenson, *L'Étrange Cas du docteur Jekyll et de M. Hyde* [1885], trad. de l'anglais par C. Ballarin, Gallimard, « Folioplus classiques », 2005.

Bram Stoker, *Dracula*

Dans *Dracula*, Bram Stoker (1847-1912) attribue au personnage du vampire un certain nombre de traits caractéristiques qui le rendront célèbre. Il situe son histoire en Transylvanie, pays dans lequel doit se rendre Jonathan Harker. Celui-ci y fait la rencontre du comte Dracula, un être étrange qui ne se montre qu'une fois la nuit tombée. Intrigué et peu à peu effrayé, Jonathan Harker découvre progressivement à qui il a affaire et tente de supprimer le monstre.

La grande boîte se trouvait au même endroit, contre le mur, mais le couvercle la protégeait, cette fois – pas simplement posé sur elle, mais avec les clous prêts à être enfoncés. Je savais devoir trouver le corps, si je voulais mettre la main sur la clé, aussi soulevai-je le couvercle que je déposai contre le mur. Je regardai et vis alors quelque chose qui emplit mon âme entière de la plus abjecte des terreurs. Le comte gisait dans son cercueil, comme hier, mais il paraissait avoir recouvré une partie de sa jeunesse : ses cheveux et sa moustache, blancs hier encore, avaient, à présent, la couleur du plomb. Les joues paraissaient plus pleines et la peau, toujours blanche, masquait mal, à présent, une rougeur sous-cutanée. La bouche était plus rouge que jamais – d'autant plus que les lèvres montraient encore des gouttes de sang frais qui sortaient des commissures et lui coulaient sur le menton et le cou. Même les yeux, enfoncés, brillants, paraissaient plus profonds dans cette chair neuve, tant étaient gonflés les sourcils et les poches. On eût dit, purement et simplement, que cette monstrueuse créature était gorgée de sang ! [...] Sa face boursouflée semblait encore déformée par un sourire moqueur qui me rendit fou. Telle était donc la créature qu'avec mon aide on allait transporter à Londres où, peut-être, pendant des siècles encore, il allait satisfaire sa soif de sang aux dépens de millions d'êtres, créer une race nouvelle, toujours de plus en plus étendue, de demi-démons qui domineraient le genre humain. Cette seule pensée me fit perdre tout contrôle. Je me sentis envahi par le désir irrésistible de débarrasser le monde de pareil monstre. Je ne disposais d'aucune arme mortelle et n'en découvris pas autour de moi, mais je m'emparai d'une pelle dont les ouvriers s'étaient servis pour remplir les caisses de terre. Je la levai bien haut et frappai du tranchant le visage détesté. À cette même seconde, la tête se détourna légèrement, les yeux me regardèrent, brillant d'une haine insoutenable. Pareille vue parut me paralyser. La pelle tourna dans ma main, manqua le visage et entailla profondément le front, puis me glissa des mains, tomba à travers la caisse et, quand je tentai de la reprendre, le tranchant accrocha le couvercle qui retomba, dissimulant l'horrible spectacle. Le dernier détail que j'en vis fut ce visage boursouflé, ensanglanté, me narguant d'un sourire démoniaque qui donnait comme un avant-goût de l'enfer.

Bram Stoker, *Dracula* [1897], trad. de l'anglais par J. Finné, Librairie des Champs-Élysées, « Le Masque », 1979.

Franz Kafka, *La Métamorphose*

Franz Kafka (1883-1924) est un écrivain tchèque de langue allemande. Il est l'auteur de romans et de nouvelles dans lesquels l'homme vit souvent un véritable cauchemar. Ainsi, *La Métamorphose* s'ouvre sur le réveil de Gregor Samsa, le personnage principal, transformé, au cours de la nuit, en un insecte monstrueux.

Lorsque Gregor Samsa s'éveilla un matin au sortir de rêves agités, il se retrouva dans son lit changé en un énorme cancrelat. Il était couché sur son dos, dur comme une carapace et, lorsqu'il levait un peu la tête, il découvrait un ventre brun, bombé, partagé par des indurations en forme d'arc, sur lequel la couverture avait de la peine à tenir et semblait à tout moment près de glisser. Ses nombreuses pattes pitoyablement minces quand on les comparait à l'ensemble de sa taille, papillotaient maladroitement devant ses yeux.

« Que m'est-il arrivé ? » pensa-t-il. Ce n'était pas un rêve. Sa chambre, une chambre humaine ordinaire, tout au plus un peu exiguë, était toujours là entre les quatre cloisons qu'il connaissait bien. Au-dessus de la table, sur laquelle était déballée une collection d'échantillons de lainages – Samsa était voyageur de commerce –, était accrochée la gravure qu'il avait récemment découpée dans une revue illustrée et qu'il avait installée dans un joli cadre doré. Elle représentait une dame, assise tout droit sur une chaise, avec une toque de fourrure et un boa, qui tendait vers les gens un lourd manchon, dans lequel son avant-bras disparaissait tout entier.

Le regard de Gregor se dirigea alors vers la fenêtre et le temps maussade – on entendait les gouttes de pluie frapper l'encadrement de métal – le rendit tout mélancolique. « Et si je continuais un peu à dormir et oubliais toutes ces bêtises », pensa-t-il, mais cela était tout à fait irréalisable, car il avait coutume de dormir sur le côté droit et il lui était impossible, dans son état actuel, de se mettre dans cette position. Il avait beau se jeter de toutes ses forces sur le côté droit, il rebondissait sans cesse sur le dos. Il essaya bien une centaine de fois, en fermant les yeux pour ne pas être obligé de voir s'agiter ses petites pattes et n'arrêta que quand il commença à éprouver sur le côté une vague douleur sourde, qu'il ne connaissait pas encore.

Franz Kafka, *La Métamorphose* [1912], trad. de l'allemand par C. David, Gallimard, « Folio classique », 2006.

Howard Phillips Lovecraft, « Je suis d'ailleurs »

H. P. Lovecraft (1890-1937) est un écrivain américain, connu pour être l'auteur de nombreuses nouvelles dans le domaine de la littérature fantastique. Dans ses textes, les monstres pullulent, parfois revenus d'un passé difficile à situer dans le temps. Dans « Je suis d'ailleurs », le narrateur, un être étrange et mystérieux, décide de briser sa longue solitude pour rejoindre les hommes. La réaction qu'il provoque n'est pas celle qu'il avait espérée : tout le monde s'enfuit et il se retrouve à nouveau seul.

Au premier coup d'œil rapide que je jetai, la pièce me parut déserte, mais en m'approchant de l'une des alcôves, j'eus l'impression d'y deviner une sorte de présence, l'ombre d'un mouvement derrière le cadre doré d'une porte ouverte qui menait à une autre pièce assez semblable à celle dans laquelle je me trouvais. M'approchant de cette arche, je perçus plus nettement cette présence, et finalement, tandis que je poussais mon premier et dernier cri – une ululation spectrale qui me crispa presque autant que la chose horrible qui me la fit pousser – j'aperçus, en pied, effrayant, vivant, l'inconcevable, l'indescriptible, l'innommable monstruosité qui, par sa simple apparition, avait pu transformer une compagnie heureuse en une troupe craintive et terrorisée.

Je ne peux même pas donner l'ombre d'une idée de ce à quoi ressemblait cette chose, car elle était une combinaison horrible de tout ce qui est douteux, inquiétant, importun, anormal et détestable sur cette terre. C'était le reflet vampirique de la pourriture, des temps disparus et de la désolation ; le phantasme, putride et gras d'égouttures, d'une révélation pernicieuse dont la terre pitoyable aurait dû pour toujours masquer l'apparence nue. Dieu sait que cette chose n'était pas de ce monde – ou n'était plus de ce monde – et pourtant au sein de mon effroi, je pus reconnaître dans sa matière rongée, rognée, où transparaissaient des os, comme un grotesque et ricanant travesti de la forme humaine. Il y avait, dans cet appareil pourrissant et décomposé, une sorte de qualité innommable qui me glaça encore plus. [...] J'essayai de conjurer cette vision en portant ma main devant mon visage, mais mes nerfs étaient dans un tel état que mon bras ne répondit qu'imparfaitement à ma volonté. Cette tentative me fit à moitié perdre l'équilibre et je basculai en avant et trébuchai de plusieurs pas pour éviter de tomber. Je me rendis soudainement compte, dans un moment d'agonie, que la répugnante charogne était *à quelques centimètres* de moi ; il me semblait en entendre la sifflante et caverneuse respiration. Presque fou, j'eus encore la force de tendre le bras pour écarter la fétide apparition si proche de moi, quand, dans une seconde où les cauchemars du cosmos rejoignirent les accidents du présent, *mes doigts entrèrent en contact avec la patte pourrissante et ouverte du monstre sous cet encadrement d'or.*

Howard Phillips Lovecraft, « Je suis d'ailleurs » [1926],
trad. de l'américain par Y. Rivière, Denoël, « Présence du futur », 1961.

Richard Matheson, « Né de l'homme et de la femme »

Richard Matheson (né en 1926) est un scénariste et écrivain américain, auteur de nombreuses nouvelles et de romans. L'extrait suivant est le début de sa première nouvelle. Son originalité, la force de ses thèmes et de son style l'ont immédiatement fait connaître : un enfant monstrueux s'adresse à nous lecteur. Mais qui est l'être véritablement monstrueux : l'enfant qui n'est pas celui qu'on espérait ou l'adulte qui lui fait subir de tels traitements ?

X – Aujourd'hui maman m'a appelé monstre. Espèce de monstre elle a dit. J'ai vu la colère dans ses yeux. Je me demande qu'est-ce que c'est un monstre.

Aujourd'hui de l'eau est tombée de là-haut. Elle est tombée partout j'ai vu. Je voyais la terre derrière la petite fenêtre. La terre elle buvait l'eau comme une bouche qui a soif. Elle a trop bu et elle a vomi et elle a coulé marron. J'ai pas aimé ça.

Maman est jolie je sais. Dans mon coin pour dormir avec des murs froids autour j'ai un machin en papier qui était derrière là où il y a le feu. Ça dit dessus VEDETTES DE L'ÉCRAN. Il y a des images avec des têtes comme à maman et à papa. Papa dit qu'elles sont jolies. Une fois il l'a dit.

Et maman aussi il a dit. Elle est très jolie et moi pas mal. Regarde-toi il a dit et il avait pas sa bonne figure. J'ai touché son bras et j'ai dit ça va comme ça papa. Il a sursauté et s'est écarté et je pouvais plus l'atteindre.

Aujourd'hui maman m'a détaché un peu de la chaîne alors j'ai pu voir par la petite fenêtre. C'est comme ça que j'ai vu l'eau tomber de là-haut.

XX – Aujourd'hui il y avait du tout doré là-haut. Je le sais quand j'ai regardé mes yeux m'ont fait mal. Quand j'ai regardé la cave après elle était rouge.

Je crois qu'il y avait église. Ils s'en vont de là-haut. La grosse machine les avale et elle roule et la voilà partie. Derrière il y a la petite maman. Elle est bien plus petite que moi. Je peux voir tout ce que je veux par la petite fenêtre.

Aujourd'hui quand il a fait sombre j'ai mangé ma gamelle et des bestioles. J'entends des rires là-haut. J'aime savoir pourquoi il y a des rires. J'ai enlevé la chaîne du mur et l'ai enroulée autour de moi. J'ai marché plotch plotch jusqu'à l'escalier. Il grince quand je monte dessus. Mes jambes glissent dessus parce que je marche pas sur l'escalier. Mes pieds collent au bois.

Richard Matheson, « Né de l'homme et de la femme » [1950], trad. de l'américain par J. Chambon, dans *Derrière l'écran*, Flammarion, « Imagine », 1999.

Portraits de femmes vampires

Théophile Gautier, « La Morte amoureuse »

Théophile Gautier (1811-1872) fait ses débuts dans le monde littéraire auprès des écrivains romantiques. C'est Balzac qui le recommande et lui permet de publier ses premiers textes. Gautier raconte le destin de Romuald, un prêtre qui mena une double vie. Romuald, bien que religieux, a été hanté dans sa jeunesse par une vampire, Clarimonde, qui le transformait toutes les nuits en un prince vénitien. Romuald, amoureux, la suivait sans écouter les avertissements de l'abbé Sérapion.

Un matin, j'étais assis auprès de son lit, et je déjeunais sur une petite table pour ne la pas quitter d'une minute. En coupant un fruit, je me fis par hasard au doigt une entaille assez profonde. Le sang partit aussitôt en filets pourpres, et quelques gouttes rejaillirent sur Clarimonde. Ses yeux s'éclairèrent, sa physionomie prit une expression de joie féroce et sauvage que je ne lui avais jamais vue. Elle sauta à bas du lit avec une agilité animale, une agilité de singe ou de chat, et se précipita sur ma blessure qu'elle se mit à sucer avec un air d'indicible volupté. Elle avalait le sang par petites gorgées, lentement et précieusement, comme un gourmet qui savoure un vin de Xérès ou de Syracuse ; elle clignait les yeux à demi, et la pupille de ses prunelles vertes était devenue oblongue au lieu de ronde. De temps à autre elle s'interrompait pour me baiser la main, puis elle recommençait à presser de ses lèvres les lèvres de la plaie pour en faire sortir encore quelques gouttes rouges. Quand elle vit que le sang ne venait plus, elle se releva l'œil humide et brillant, plus rose qu'une aurore de mai, la figure pleine, la main tiède et moite, enfin plus belle que jamais et dans un état parfait de santé.

« Je ne mourrai pas ! je ne mourrai pas ! dit-elle à moitié folle de joie et en se pendant à mon cou ; je pourrai t'aimer encore longtemps. Ma vie est dans la tienne, et tout ce qui est moi vient de toi. Quelques gouttes de ton riche et noble sang, plus précieux et plus efficace que tous les élixirs du monde, m'ont rendu l'existence. »

Théophile Gautier, « La morte amoureuse » [1836], dans *Avatar et autres récits fantastiques*, Gallimard, « Folio classique », 1981.

Joseph Sheridan Le Fanu, *Carmilla*

Joseph Sheridan Le Fanu (1814-1873) est un écrivain irlandais, auteur de récits fantastiques. L'une de ses dernières œuvres, *Carmilla*, est devenu un classique de la littérature fantastique et est l'une des sources du *Dracula* de Bram Stoker. Dans *Carmilla*, Laura, la narratrice, est élevée dans un château en Autriche. Elle y rencontre, pour la première fois, Carmilla, la vampire qui reviendra la hanter des années plus tard.

Le premier incident de mon existence, qui produisit une terrible impression sur mon esprit et qui, en fait, ne s'est jamais effacé de ma mémoire, compte au nombre de mes souvenirs les plus lointains. (D'aucuns le jugeront trop insignifiant pour mériter de figurer dans ce récit; mais vous verrez par la suite pourquoi j'en fais mention.) La chambre des enfants (comme on l'appelait, bien que j'en fusse la seule occupante) était une grande pièce au plafond de chêne en pente raide, située au dernier étage du château. Une nuit, alors que j'avais à peine six ans, je m'éveillai soudain, et, après avoir regardé autour de moi, je ne vis pas ma bonne dans la chambre. Comme ma nourrice ne s'y trouvait pas non plus, je me crus seule. Je n'eus pas peur le moins du monde, car j'étais un de ces enfants heureux que l'on s'applique à garder dans l'ignorance des histoires de fantômes, des contes de fées, et de toutes ces légendes traditionnelles qui nous font cacher notre tête sous les couvertures quand la porte craque brusquement ou quand la dernière clarté d'une chandelle expirante fait danser plus près de notre visage l'ombre d'une colonne de lit sur le mur. Contrariée et offensée de me retrouver négligée de la sorte (car tel était mon sentiment), je commençai à geindre, en attendant de me mettre à hurler de bon cœur; mais, à ce moment précis, je fus tout étonnée de voir un très beau visage à l'expression solennelle en train de me regarder d'un côté du lit. C'était celui d'une jeune fille agenouillée, les mains sous mon couvre-pied. Je la contemplai avec un émerveillement ravi, et cessai de pleurnicher. Elle me caressa de ses mains, puis s'étendit à côté de moi et m'attira contre elle en souriant. Aussitôt, j'éprouvai un calme délicieux et je me rendormis. Je fus réveillée par la sensation de deux aiguilles qui s'enfonçaient profondément dans ma gorge, et je poussai un cri perçant. La jeune fille s'écarta d'un mouvement brusque, les yeux fixés sur moi, puis se laissa glisser sur le parquet, et, à ce qu'il me sembla, se cacha sous le lit.

Joseph Sheridan Le Fanu, *Carmilla* [1871], trad. de l'anglais par J. Papy, repris dans *Vampires: Dracula et les siens*, Omnibus, 1997.

Bram Stoker, *Dracula*

Dracula n'est pas le seul vampire du roman de Bram Stoker (1847-1912), Lucy Westenra, jeune femme de bonne famille, fiancée à Arthur Holmwood en est un autre. Malgré les efforts du Docteur Van Helsing, spécialiste des vampires, Lucy meurt, du moins en apparence... Car toutes les nuits, elle quitte son tombeau pour assouvir ses appétits nouveaux. Les anciens amis de Lucy se rendent au cimetière dans le but de tuer la vampire et de libérer la jeune fille de l'être maléfique qui a pris possession d'elle.

Nous continuâmes à regarder la silhouette blanche qui s'avançait. Elle était à présent assez proche pour que nous la distinguions dans la lueur de la lune qui ne diminuait pas. Je crois que mon cœur se gela en une seconde. En même temps, j'entendis le cri étouffé d'Arthur qui, lui aussi, découvrait Lucy Westenra. Lucy Westenra, sans doute, mais combien différente de la Lucy vivante ! La douceur de ses traits était devenue une expression de cruauté sadique, et sa pureté une expression de désir voluptueux. Van Helsing s'avança alors, et nous, obéissant à son geste, nous avançâmes nous aussi. Nous fîmes haie devant la porte du tombeau. Van Helsing leva sa lanterne dont il remonta le fermoir, éclairant Lucy de face. Les lèvres étaient cramoisies de sang frais qui, d'ailleurs, avait coulé le long de son menton et souillé son suaire immaculé.

Nous frémîmes, tous. À la lueur tremblotante de la lanterne, je compris que Van Helsing en personne perdait presque le contrôle de lui-même et de ses nerfs d'acier. Si je n'avais pas retenu Arthur par le bras, il se serait sans doute effondré.

Lorsque Lucy (faute de mieux, et puisqu'elle possédait sa silhouette, j'appelle ainsi la forme qui se tenait devant nous) nous vit, elle recula, avec un grognement furieux, comme une chatte surprise dans ses activités. Puis elle nous regarda. C'étaient bien les yeux de Lucy, la forme, la couleur. Mais derrière eux brûlaient les feux de l'enfer, et non la pure flamme que nous avions connue. En une seconde, ce qui restait d'amour se transforma en haine et en mépris – s'il avait fallu l'abattre, en ce moment précis, j'aurais accompli le geste avec un délice sadique. Elle continua à nous regarder. Les yeux brillaient de plus en plus d'une lueur perverse, et le visage brilla d'un sourire voluptueux. Oh Dieu ! Que cette vision avait le pouvoir de faire trembler !

Bram Stoker, *Dracula* [1897], trad. de l'anglais par J. Finné, Librairie des Champs-Élysées, « Le Masque », 1979.

Edward Frederic Benson, *Mrs Amworth*

E. F. Benson (1867-1940), écrivain britannique, est l'auteur de récits fantastiques parmi lesquels, *Mrs Amworth*, l'histoire d'une femme vampire. De retour en Angleterre, après un séjour en Inde, Mrs Amworth s'installe dans le village de Maxley. Elle a pour voisins le narrateur et Francis Urcombe, un ancien professeur de faculté passionné par les phénomènes étranges et inexpliqués. C'est en leur présence que Mrs Amworth se fait écraser et meurt. Mais une nuit, ils la retrouvent dans le cimetière.

Sans bruit, avec un mouvement délicat qui ressemblait plus à une glissade qu'à une marche, elle parcourut le cimetière jusqu'à gagner le tombeau que nous observions. Elle le contourna à plusieurs reprises, comme pour s'assurer du nom gravé, et, quelques secondes, se tint en face de nous. Mes yeux s'étaient habitués à l'obscurité ambiante, de sorte que je pus reconnaître les traits sans la moindre hésitation.

Elle se passa la main sur les lèvres, comme pour les essuyer, puis se mit à rire d'un rire si odieux que j'en sentis mes cheveux se dresser sur ma tête. Ensuite, elle monta sur la pierre tombale et, main au-dessus de la tête, s'enfonça centimètre après centimètre, dans la terre. La main d'Urcombe était toujours posée sur mon bras, comme pour m'intimer l'ordre de garder le silence. Soudain, il relâcha son étreinte.

– Venez !

Avec pic, pelle et corde, nous gagnâmes le tombeau. La terre était sablonneuse et légère. Il ne nous fallut pas beaucoup d'efforts pour parvenir au cercueil. À coups de pic, Urcombe le dégagea le mieux possible, après quoi il ajusta les cordes aux poignées. Nous le hissâmes, non sans peine. La lumière avait commencé à annoncer le lever du jour, à l'est, lorsque nous le sortîmes enfin de sa fosse. Avec un tournevis il dégagea le couvercle qu'il tira de côté. Nous restâmes longtemps là, pétrifiés, regardant le visage de Mrs Amworth. Les yeux, naguère clos par la mort, étaient grands ouverts. Les joues avaient une coloration de vie. La bouche, rouge, lèvres gonflées, comme gorgées, semblait sourire.

– Un coup et tout sera terminé, murmura Urcombe. Ne regardez pas, si vous ne vous en sentez pas le courage.

Tout en parlant, il s'était à nouveau emparé du pic. Il posa la pointe sur la poitrine de la morte, puis sembla mesurer la distance. Je savais ce qui allait se passer, mais me sentais pourtant incapable de détourner les yeux.

Il empoigna le pic à deux mains, le leva de quelques centimètres seulement, de quoi prendre un élan raisonnable, puis, de toute sa force, le laissa retomber sur la poitrine de Mrs Amworth. Une fontaine de sang jaillit de la plaie, bien que le cadavre fût enterré depuis plusieurs mois, monta haut dans l'air et retomba, dans un énorme bruit de gifle, sur le linceul. En même temps, des lèvres rouges et gonflées, sortit un terrible cri, qui enfla, se brisa, et agonisa dans une plainte de plus en plus imperceptible. Et puis, en un éclair, la pourriture détruisit le corps, le visage perdit ses couleurs, la chair parut se dissoudre, les lèvres fondirent.

Edward Frederic Benson, *Mrs Amworth* [1922], trad. de l'anglais par J. Finné, repris dans *Vampires: Dracula et les siens*, Omnibus, 1997.

Catherine Lucille Moore, « Shambleau »

Catherine Lucille Moore (1911-1987) a publié « Shambleau » dans *Weird Tales*, revue américaine spécialisée dans les récits fantastiques. Dans ce roman, le personnage de Nothwest Smith, un aventurier terrien, apparaît pour la première fois. Sur la planète Mars, la foule s'apprête à lyncher une jeune femme affolée mais Smith prend sa défense et l'emmène avec lui pour la protéger. Celle-ci va alors l'entraîner dans un véritable cauchemar.

La fille dénoua le dernier pli et arracha le turban. Ce que vit Smith alors, aurait dû lui faire détourner les yeux et, dans sa vie, il avait déjà vu d'effroyables choses, mais il ne pouvait bouger. Il ne pouvait que rester là, accoudé, fixant cette masse rouge, grouillante..., des vers, des cheveux, quoi ?... qui se roulaient comme des caricatures de bouclettes. Et cela grandissait sous ses yeux, se répandant en cascade sur les épaules bronzées ; une masse qui, jamais, même au début, n'aurait pu entrer sous l'étroit turban. Il avait dépassé tout étonnement mais il en était certain. Et cela continuait de s'allonger, de ramper. Elle secoua la tête en une affreuse imitation d'une femme secouant sa chevelure, jusqu'à ce que l'indicible foisonnement rouge retombe plus bas que sa taille.

Elle avait rejeté le répugnant enchevêtrement par-dessus ses épaules. Il sentit qu'elle allait se retourner et qu'il devait rencontrer ses yeux. Cette pensée lui saisissait le cœur d'épouvante, plus que tout dans cet effrayant cauchemar ; car c'était sûrement un cauchemar. Cependant il ne pouvait détacher ses yeux de cette vision morbide, mais non sans une sorte de beauté. Quand elle se tourna, l'écœurant grouillement ondoya sur les épaules rondes. Smith restait paralysé. Lentement il vit se perdre la courbe de la joue et apparaître le profil, toutes les horreurs rouges serpentant, menaçantes. Et le profil s'effaça à son tour, son visage entier tourna lentement vers lui – le clair de lune illuminant le ravissant visage de jeune fille, pur, et tendre, encadré dans cet emmêlement repoussant. [...]

Elle se dressa et autour d'elle tomba en luisante cascade rouge... ce qui poussait sur sa tête, l'enveloppant tout entière, comme un long manteau vivant jusqu'à ses pieds nus sur le plancher. Elle écarta les mains d'un mouvement qui rejeta le flot derrière ses épaules pour révéler sa beauté bronzée. Elle souriait entourée de l'ondulation serpentine de sa hideuse chevelure vivante. Et Smith sut qu'il regardait la Méduse [...]

Elle remua les lèvres en un chuchotement qui s'alliait intimement au silence et à l'affreux ondoiement de... sa chevelure, murmurant tendrement, passionnément

– Je te parlerai..., maintenant..., dans mon propre langage... oh ! bien-aimé !

Elle venait vers lui. Il en frémissait d'horreur, mais c'était une répulsion perverse qui désirait ce qu'elle haïssait. Il passa ses bras autour d'elle sous le manteau moite et chaud, hideusement vivant. Le corps adorable fut contre le sien ; elle noua ses bras à son cou – et, dans un bruissement soudain, l'horreur indicible se referma sur eux.

Catherine Lucille Moore, « Shambleau » [1933], trad. de l'américain par J. M. Gallet, repris dans *Vampires : Dracula et les siens*, Omnibus, 1997.

Anne Rice, *Entretien avec un vampire*

Anne Rice (née en 1941) est l'auteur de livres au succès mondial ; parmi eux, *Entretien avec un vampire*, donne une image renouvelée du mythe. Louis, un vampire vieux de plusieurs siècles, relate son histoire à un journaliste. Dans cet extrait, il se souvient, comment Claudia, une enfant devenue vampire, s'attaquait à ses victimes.

Il était terrifiant de la voir accomplir ses meurtres. Elle allait s'asseoir, seule, sur un banc, dans le jardin public obscur, et attendait, le regard indifférent, plus encore que celui de Lestat, qu'un homme ou une femme bien intentionné la découvre. Elle implorait alors, en chuchotant comme un enfant engourdi par la peur, l'aide de ses aimables protecteurs, et ceux-ci emmenaient la fillette dont la beauté les avait éblouis. Elle serrait de ses deux petits bras leur cou et, tandis que le bout de sa langue apparaissait entre ses dents, ses yeux brillaient d'une faim dévorante.

Les premières années, ils trouvaient vite la mort. Elle n'avait pas encore appris à jouer avec eux, à les conduire chez le marchand de poupées ou au café, pour se faire offrir des tasse de thé ou de chocolat fumant destinées à redonner un peu de couleur à ses joues pâles, tasses qu'elle repoussait, pour attendre, attendre, comme si elle se repaissait en silence de leur gentillesse fatale.

Mais, quand elle en avait fini, elle devenait ma compagne, mon élève, et au long des heures que nous passions ensemble, elle consumait de plus en plus vite le savoir que je pouvais lui offrir. Nous partagions alors un sentiment serein de compréhension mutuelle qui excluait Lestat. À l'aube, elle se couchait avec moi, et mon cœur battait contre son cœur.

Souvent, quand je la regardais – en train de peindre ou de faire de la musique, sans savoir que j'étais dans la pièce – je pensais à cette expérience singulière que j'avais eue avec elle, avec elle seule, moi qui l'avais tuée, qui lui avais pris sa vie, qui avais bu d'elle tout le sang vital dans ce baiser fatal que j'avais prodigué à tant d'autres, tant d'autres qui maintenant pourrissaient dans la terre humide.

Anne Rice, *Entretien avec un vampire* [1976], trad. de l'américain par T. Murail,

Stephenie Meyer, *Twilight*

Stephenie Meyer (née en 1973) est l'auteur de la série *Twilight*, succès en librairie et au cinéma. Cette saga présente de nouveaux vampires, les Cullen, qui cherchent à vivre sans tuer ni boire de sang humain. Mais tous les vampires de la série ne se ressemblent pas et certains restent effrayants, telle Victoria qui veut absolument venger la mort de celui qu'elle aimait par-dessus tout, James. Pour accomplir cette vengeance, il lui faut tuer Bella, l'héroïne humaine de la série.

Deux vampires émergèrent lentement devant ce qu'il restait de notre campement, aux aguets, ne ratant rien. Sous le soleil, ils étincelaient comme des diamants.

Je fus incapable de contempler le garçon blond – oui, il était tout jeune, bien que grand et musculeux, mon âge sans doute lorsqu'il avait été transformé. Ses prunelles d'un rouge vif comme je n'en avais encore jamais vu pourtant ne retinrent pas mon attention. Bien qu'il fût le plus proche, le plus dangereux par conséquent, je ne réussis pas à m'intéresser à lui. Car, à quelques pas en arrière, Victoria me dévisageait.

Sa tignasse orange avait des reflets plus violents que dans mon souvenir, telle une flamme. Il y avait beau ne pas avoir de vent, le feu qui encadrait sa figure donnait l'impression de vaciller, comme vivant. La soif noircissait ses yeux. Contrairement à ce qui avait lieu dans mes rêves, elle ne me sourit pas – ses lèvres étaient pincées en une ligne mince. Son attitude avait quelque chose de félin, lionne guettant le moment de bondir. Son regard sauvage fit la navette entre Edward et moi, sans jamais se poser sur lui plus d'une demi-seconde. Pas plus que moi, elle n'était capable de s'arracher à ma contemplation. La tension qui émanait d'elle était presque palpable. Je sentais le désir, la passion dévorante dont elle était prisonnière. Comme si j'étais soudain capable de déchiffrer son esprit, je savais également ce qu'elle pensait. Elle était enfin tout près de ce qu'elle désirait, du but de son existence depuis maintenant plus d'un an : ma mort.

Son plan était aussi évident que pratique. Le grand blond attaquerait Edward ; dès que ce dernier serait suffisamment occupé, elle se chargerait de me liquider. Ce serait rapide – elle n'était pas ici pour s'amuser – mais efficace. Je ne m'en relèverais pas. Aucun venin vampirique ne me sauverait. Elle allait arrêter les battements de mon cœur, peut-être en fourrant sa main dans ma poitrine, en l'écrasant. Quelque chose dans ce genre, en tout cas. Comme s'il souhaitait attirer son attention sur lui, mon cœur s'affola.

Stephenie Meyer, *Twilight*, Tome 3, Hésitation, 2007, trad. de l'américain par L. Rigoureau, Hachette Jeunesse, « Black Moon », 2007.

Autour de l'œuvre

Petite histoire des vampires

Les ancêtres du vampire

Le fantasme du mort-vivant suceur de sang remonte aux origines de l'humanité. On a retrouvé une première trace de cette créature sur un vase préhistorique découvert en Perse : un dessin y représente un homme aux prises avec un être monstrueux qui tente de lui sucer le sang. En Occident, c'est dans l'Ancien Testament (livre d'Isaïe, chapitre 34, verset 14) que l'on trouve la première référence à un vampire. Lilith est, d'après la tradition rabbinique, la première femme d'Adam et la reine des démons. Elle suce le sang des nourrissons, prive les jeunes mâles de leur virilité pendant leur sommeil et terrorise les jeunes mères car on prétend qu'elle dérobe les nouveau-nés pour les manger. Dans la mythologie grecque, on trouve d'autres créatures que l'on peut considérer comme les ancêtres des vampires : les lamies ou les stryges par exemple. Les premières sont des monstres fabuleux au buste de femme et au corps de serpent qui dévorent les hommes. Les secondes sont des démons femelles munies de serres qui poussent des cris perçants.

Les vampires, héritiers des sorcières

Si l'on trouve de nombreuses références aux vampires dans l'histoire, l'être maléfique par excellence n'en reste pas moins la sorcière jusqu'au

XVIIIe siècle. Ce n'est qu'à la fin des procès en sorcellerie que se généralise la phobie des vampires. Voltaire, dans son *Dictionnaire philosophique*, consacre même un article ironique à ce qui prend la forme d'une psychose collective.

Trois personnages particulièrement cruels, amateurs de sang, alimentent cette peur et fournissent aux écrivains des modèles pour leurs créatures malfaisantes. L'un des premiers est Gilles de Rais, sombre personnage du XVe siècle. Après une brillante carrière militaire, il se retire dans son château en Vendée, où il s'adonne à la magie noire. Soupçonné d'avoir enlevé, séquestré et assassiné plusieurs centaines d'enfants, il est condamné pour meurtres et exécuté à Nantes, en 1440. À peu près à la même époque, en Roumanie, sévit le prince Vlad IV, chef militaire d'une grande cruauté, qui torture ses ennemis et les fait empaler. Il prend ses repas au milieu de ses victimes agonisantes et va jusqu'à boire leur sang. On le surnommera « Tépès » (l'empaleur) et « Dracula » (petit diable). Bram Stoker s'est inspiré de ce prince sanguinaire lorsqu'il composa les aventures de *Dracula* (1897).

Enfin, au début du XVIIe siècle, en Hongrie, la comtesse Elizabeth Bàthory terrorise les esprits. Dans son château, elle enlève plusieurs centaines de paysannes qu'elle saigne comme des animaux pour boire leur sang et s'y baigner. On peut penser que Jean Ray s'est inspiré des mœurs de la comtesse pour créer la sanguinaire duchesse Opoltchenka dans « Le Gardien du cimetière ».

Les premiers récits de vampires

Ayant nourri pendant longtemps l'imagination populaire, le personnage du vampire ne tarde pas à faire son apparition dans la littérature. Au début du XIXe siècle, dans la maison même où Mary Shelley est en train de créer *Frankenstein* (1817), un ami de Lord Byron, John Polidori, écrit un récit intitulé *Le Vampire* (1817), où il relate les aventures de Lord Ruthven, un vampire aristocrate, membre de la haute société londonienne. Ce personnage voué au mal méprise les miséreux, aide les débauchés et séduit les jeunes vierges. Avec ce texte, Polidori lance la mode du récit de vampires en Europe.

Dès le début du XIXe siècle, le vampire fait recette, en France. Charles Nodier adapte avec succès le récit de Polidori au théâtre, *Lord Ruthwen, ou les Vampires* (1820). Quelques années plus tard, Théophile Gautier compose *La Morte amoureuse* (1836), l'histoire de Clarimonde, une belle et jeune vampire amoureuse de sa victime.

En 1847 en Angleterre paraît, d'abord en feuilleton, un énorme roman de 237 chapitres et près de 900 pages : *Varney le vampire ou le festin de sang* dans lequel les pratiques vampiriques sont décrites de manière très détaillée.

Enfin, en 1871, l'Irlandais Joseph Sheridan Le Fanu publie *Carmilla*, considéré par les spécialistes comme un des chefs-d'œuvre de toute la littérature vampirique. Recueillie par un aristocrate irlandais, Carmilla séduit Laura la fille de son bienfaiteur. La complicité et la relation quasi amoureuse entre les jeunes femmes sont les aspects les plus attachants et les plus troublants de ce roman. Alors que Laura, victime d'un mal mystérieux, dépérit à vue d'œil, Carmilla a un comportement étrange, ne mangeant pas, vivant la nuit et dormant le jour, elle ne supporte ni la lumière du soleil ni la vue d'une croix. Après maintes péripéties, sa nature vampirique est découverte et elle est tenue pour responsable de la mort de plusieurs jeunes filles. Elle sera éliminée. Comme est éliminée la jolie maman du narrateur de « La Robe de soie blanche » de Richard Matheson.

Dracula, le chef-d'œuvre de Bram Stoker

Bram Stoker naît à Dublin en 1847. Il fait ses études à Trinity College, l'université réputée de la ville. Il s'intéresse au théâtre, devient journaliste et plus tard prendra la direction du Lyceum Theater à Londres. Ami d'Oscar Wilde et de Joseph Sheridan Le Fanu, il écrit pour son plaisir. En 1897, il publie *Dracula*, fruit d'un long travail de documentation au British Museum. Ce roman rencontre le succès. Oscar Wilde déclare : « C'est le plus beau roman du siècle ». Stoker publie d'autres textes d'un niveau et d'un succès moindre. Il meurt en 1912 sans savoir quel serait le destin qu'allait connaître sa créature.

Dracula est tout à la fois l'aboutissement, l'archétype et le point de départ d'une littérature dédiée au « prince des ténèbres ». On peut dire qu'il y a un avant et un après *Dracula* dans la littérature. Avant, les écrivains, dont Bram Stoker lui-même, s'inspirent des légendes sur les vampires. Après, *Dracula* devient le modèle et le passage obligé des écrivains. C'est le costume de Dracula que Henderson revêt dans « La Cape » de Robert Bloch.

Le vampire au cinéma

Le vampire étend son influence en se popularisant : le cinéma s'en empare. Indéniablement, le mythe de Dracula s'est enrichi au contact des grands cinéastes qui en ont donné leur vision personnelle : F. W. Murnau et *Nosferatu le vampire* (1922), Tod Browning et *Dracula* (1931), Terence Fisher et *Le Cauchemar de Dracula* (1958), Werner Herzog et *Nosferatu, fantôme de la nuit* (1979), Francis Ford Coppola et *Dracula* (1992) ou Roman Polanski et *Le Bal des vampires* (1967). D'un autre côté, le cinéma a parfois semblé vouloir exploiter à outrance la popularité de Dracula comme en témoigne le grand nombre de films inspirés du personnage de Bram Stoker.

Le renouvellement du genre dans la littérature du XXe siècle

Pour renouveler un genre qui risquait de s'épuiser et continuer à surprendre le lecteur, les écrivains du XXe siècle ont fait évoluer le personnage du vampire de manière à révéler le plus tard possible le caractère vampirique du récit et du personnage. Ainsi donc sont nés des vampires éloignés des stéréotypes habituels. On découvrira par exemple un vampire qui prend les traits d'un enfant apparemment inoffensif, comme dans deux des nouvelles de ce recueil. Animaux, insectes et plantes peuvent aussi révéler un caractère vampirique : araignée, par exemple, dans une nouvelle d'Elizabeth Walter, horrible papillon dans *Le Cocon* (1946) de John B. Goodwin ou plantes vampires, dans *L'Étrange Orchidée* (1987) de H. G. Wells. On verra même apparaître des objets vampires : un masque dans *Le Masque de Cthulhu* d'August Derleth, un poste de télévision dans *Derrière l'écran*, une nouvelle de Richard Matheson. Chetwynd-Hayes imagine quant à lui une maison vampire dans *Le Labyrinthe* (1974). On pourrait poursuivre cette liste folle, qui montre bien l'imagination des auteurs : une poupée vampire, un ours en peluche vampire, une flûte vampire, un lit qui suce le sang des amants, une voiture vampire qui carbure au sang humain…

Parallèlement à cela, les vampires « humains » changent de statut. Ils cessent d'être des personnages néfastes, inhumains et repoussants. Les auteurs modernes vont au contraire chercher à se rapprocher des vampires pour en faire non plus des monstres mais des victimes, pour s'intéresser à la difficile condition du vampire. Cette tendance trouve son apogée à la fin du siècle avec les romans d'Anne Rice, comme dans *Entretien avec un vampire* (1976), par exemple. En faisant du vampire un proche plus qu'un ennemi, elle lui assure une longue existence.

Le succès récent de la tétralogie de Stephenie Meyer, *Twilight*, repose quant à lui sur une nouvelle évolution du vampire. La famille Cullen est une famille qui ne souhaite rien d'autre que de devenir maîtresse d'elle-même et de ses pulsions vampiriques en se rabattant sur le sang animal. Mieux, Edward Cullen fait tout ce qu'il est possible pour éloigner de lui la jeune et tentante Bella et la protéger ainsi du danger qu'il représente pour elle. Le vampire devient ainsi au fil des chapitres non plus une menace mais un protecteur, un gardien que Bella devra convaincre de bien vouloir la mordre afin de pouvoir vivre avec lui pour l'éternité.

Les vampires en 20 dates

1440	Condamnation à mort de Gilles de Rais.
1610	Emprisonnement de Elizabeth Bàthory.
1764	Voltaire, article « Vampire » dans le *Dictionnaire philosophique*.
1817	Mary Shelley, *Frankenstein* (roman) ; John Polidori, *Le Vampire* (nouvelle).
1828	Heinrich Marschner, *Le Vampire* (opéra).
1836	Théophile Gautier, *La Morte amoureuse* (nouvelle).
1847	James Malcolm Rymer, *Varney le vampire ou le festin de sang* (roman).
1871	Sheridan Le Fanu, *Carmilla* (nouvelle).
1893	Edvard Munch, *Vampire* (peinture).
1897	Bram Stoker, *Dracula* (roman).
1922	F. W. Murnau, *Nosferatu le vampire* (film).
1931	Tod Browning, *Dracula* (film).
1954	Richard Matheson, *Je suis une légende* (roman).
1958	Terence Fisher, *Le Cauchemar de Dracula* (film).
1967	Roman Polanski, *Le Bal des vampires* (film).
1974	Claude Klotz, *Dracula, père et fils* (roman).
1976	Anne Rice, *Entretien avec un vampire* (roman).
1979	Werner Herzog, *Nosferatu, fantôme de la nuit* (film).
1992	Francis Ford Coppola, *Dracula* (film).
2005	Stephenie Meyer, *Twilight* (roman).

Les grands thèmes de l'œuvre

La peur

Une atmosphère obscure et effrayante

La peur est l'un des principaux ressorts des nouvelles de vampires. Pour créer une atmosphère angoissante, les auteurs choisissent de situer l'action des nouvelles dans des lieux chargés d'histoire, et plus particulièrement d'une histoire effrayante et morbide : c'est un cimetière dans le récit de Jean Ray, une boutique obscure dans un quartier mal famé dans « La Cape » pour louer un costume, ou un lieu à l'abandon (c'est le cas du cimetière de la première nouvelle, mais aussi de la chambre de « La Robe de soie blanche »). Et quand rien dans le lieu de l'action n'est effrayant, d'autres lieux sont évoqués qui rappellent les vampires : la Roumanie, par exemple, pays natal de la petite sœur de Peter dans « Petite sœur ou bien... ».

Bien plus que l'espace des récits, le cadre temporel des nouvelles est souvent chargé d'éléments inquiétants. Les auteurs du recueil plongent le lecteur au cœur d'effrayantes scènes nocturnes. C'est la nuit que le cimetière libère sa terrible occupante (« Le Gardien du cimetière », p. 18-19). Il fait nuit aussi quand Sylvia Frances s'éveille et quand Rick réveille son cousin pour le terroriser (« Petite sœur ou bien... », p. 82-83). C'est de nuit aussi, sous la lumière de la lune, que Sheila mord Henderson (« La Cape », p. 52). Minuit, l'heure du vampire ? Assurément ! Et ce au point que la visite d'Henderson au costumier se fait elle aussi dans les ombres de la nuit naissante. Seule exception, la nouvelle « La Robe de soie blanche » se passe en pleine journée, mais la chambre est plongée dans l'obscurité, une obscurité qui se joint à la sieste de la grand-mère, endormie en plein jour, pour rappeler l'heure favorite des monstres. La jeune Mary Jane ne trouve rien de mieux que de reprocher l'obscurité et le calme de cette pièce. De nuit les contours sont moins nets, l'homme n'est plus aussi capable de distinguer ce qui lui fait face : Henderson ne voit pas les numéros des boutiques, le gardien du cimetière ne voit pas ce qui se passe derrière les fenêtres de la cabane dans laquelle il vit avec ses deux confrères, Mme Grimm ne voit pas plus loin que le halo de sa bougie.

Que voit-on la nuit ? Des yeux terrifiants de l'autre côté de la vitre, des visages de démons dans une boutique de costumes, un vampire grimpant sur un lit... Les images font souvent référence à des cauchemars ou à des hallucinations terrifiantes : figures pâles, lèvres couleur de sang frais, regards flamboyants, ce que les personnages voient de nuit est souvent contrasté, paré de couleurs terrifiantes, celles du feu et du sang, celles qui renvoient à la mort.

Frissons et tremblements

Face à ces visions de cauchemar, nombreux sont les personnages dont la peur se manifeste physiquement. Le lecteur est témoin des frayeurs de chacun de ceux qui se trouvent confrontés aux étrangetés nocturnes, notamment celles des personnages secondaires : pâleur du chauffeur de taxi qui vient chercher Henderson ou de Lindstrom qui a vu les dents de son ami d'un peu trop près (p. 38 et p. 46), chair de poule de Peter (p. 84), rire nerveux de Mary Jane (p. 64), raidissement et fuite de Sheba, la chatte de Mme Grimm (p. 105). Les réactions physiques des personnages sont nombreuses pour rappeler au lecteur que le sentiment dominant est la peur : frissons, tremblements, blêmissements, rires et cris parcourent l'ensemble des textes du recueil.

Mais les vampires eux-mêmes sont soumis à la peur. Certes, Monsieur Alucard ne semble pas très inquiet face à la menace encore vague qui plane sur lui et il se contente de plaisanter en pensant au pieu qui pourrait le tuer (p. 107). La comtesse Opoltchenka qui se sait découverte connaît, quant à elle, un instant de stupeur (p. 21). Mais cette frayeur peut être plus intense et aller jusqu'à la terreur d'Henderson qui vient de comprendre qu'il est devenu un vampire. Le sentiment de peur connaît donc différents degrés d'intensité chez le vampire lui-même et chez ses victimes.

La femme vampire

Nos cinq nouvelles ont un point commun. Elles comportent toutes un personnage principal féminin. Parmi ces six personnages, cinq semblent être des vampires. Cependant tout les différencie, leur âge, leur statut social et leur comportement.

La femme fatale

Femme fatale, telle est la véritable femme vampire. C'est là sa représentation la plus courante, tentatrice qui fait de la morsure une image de l'acte d'amour. La vampire idéale, dans les nouvelles du recueil, c'est Sheila Darrly, un ange noir, aussi belle qu'un ange mais aussi dangereuse qu'un démon (p. 41-42). Dès qu'il la voit, Henderson sent bien ce danger et l'identifie à un coup de foudre : ce qui le met en péril, c'est de se mettre à aimer, de renier son cynisme et ses certitudes. La morsure a lieu au moment du baiser (p. 52): embrasser celle dont on est amoureux et se faire mordre par une vampire, c'est finalement à peu près la même chose semble-t-il. Le tableau de Munch représente lui aussi une femme vampire: la jeunesse, la beauté mais aussi la nudité de la vampire et son abondante chevelure (un motif hautement sensuel au XIXe siècle) insistent sur l'aspect amoureux, voire érotique de la morsure. C'est dans cette catégorie de vampire qu'il faut aussi ranger la mère de la narratrice de « La Robe de soie blanche ». Car tout ce qu'on sait d'elle – sa beauté, son envie de sortir et de se faire belle face à sa coiffeuse – nous amène à nous en faire l'image d'une jeune femme portée sur les plaisirs, ces plaisirs qui la font désobéir à sa mère et risquer sa vie en sortant malgré les dangers (p. 62). Il s'agit bien là d'une femme dominée par ses pulsions et non par la raison qui voudrait qu'elle se tienne cachée.

La femme âgée

Le vampire est une des figures du revenant, un mort qui n'a pas trouvé le repos et qui revient parmi les vivants. Il est donc dans la logique de nos représentations de retrouver parmi les figures de vampires des femmes mûres. Telle est la « richissime duchesse Opoltchenka » semble-t-il, qui porte son âge dans sa chevelure « d'un blanc de neige » (p. 19) mais aussi dans ses yeux « vitreux » (p. 18-19) qui font penser aux regards usés de personnes âgées. Les rares détails physiques que nous donne l'auteur nous laissent entrevoir une femme dont la vieillesse tranche avec la jeunesse de ses victimes. D'ailleurs l'âge ne l'a-t-il pas affaiblie ? Il n'est pas sans importance qu'elle ait besoin pour pouvoir se nourrir du sang de ses victimes que ces dernières soient endormies, et qu'elles ne puissent donc plus lui résister. Le combat physique, s'il devait avoir lieu, serait-il en sa défaveur ? La scène finale au cours de laquelle le gardien du cimetière la tue semble bien aller dans ce sens (p. 21-22). Faisons une place à une autre femme d'un certain âge, l'exacte opposée de la duchesse vampire, la gardienne du château de la dernière nouvelle, Mme Grimm. Pour elle, n'existent que les gens du monde réel et immédiat (les touristes et son locataire) et les activités quotidiennes (prendre le thé, regarder la télévision, faire les comptes). Les vampires n'ont pas leur place dans son monde, autrement que sous la forme d'une simple attraction touristique, d'une mise en scène à qui elle enlève toute authenticité. Cette vieille femme est la seule qui ait réussi à maîtriser le vampire, qui ait pu le domestiquer. Elle lui a ôté sa substantifique moelle, lui a sucé son sang de vampire pourrait-on dire.

L'enfant

Quand devient-on vampire ? À sa mort ? Ou bien faut-il penser que l'on naît vampire et qu'il existe donc des vampires enfants ? Deux de nos nouvelles vont dans ce sens. La petite sœur de Peter, adoptée en Roumanie, est héritière de toute une tradition de suceurs de sang. Ses premiers machouillis et ses premières succions permettent à son frère de déceler en elle les manifestations du vampirisme (p. 85). Ce n'est pas une vampire revenante mais bien une vampire « devenante » que nous découvrons dans cette nouvelle. Du moins c'est ce que croit Peter, aveuglé par ses sentiments. Le danger n'est plus celui de l'amour qui nous attire dans son monde ni celui de la mort qui nous guette mais bien plutôt celui de la jalousie, celui de l'envie qui va faire commettre un crime à un jeune enfant persuadé que sa sœur est un vampire. Cependant il est bien une enfant vampire dans le recueil de nouvelles : c'est la narratrice de « La Robe de soie blanche ». Que sait-on de son physique ? Rien. On sait juste que c'est une enfant qui a perdu sa mère et qui vit avec sa grand-mère, elle n'est pas en âge d'aimer. D'ailleurs, aucun personnage masculin ne vient introduire ce thème dans la nouvelle, la victime est une jeune voisine venue jouer avec elle. Le déguisement avec la robe de soie blanche peut d'ailleurs être l'un de ces jeux, un jeu d'identification, une petite comédie qu'elle se joue à elle-même lorsqu'elle mime sa mère devant son miroir (p. 62). La vampire enfant est celle qui joue à être une vampire, celle qui fait comme si les marques du temps n'existaient pas, comme si une fille pouvait se métamorphoser en sa mère plutôt qu'en chauve-souris.

Fenêtres sur...

Des ouvrages à lire

• Bram Stoker, *Dracula* [1897], trad. de l'anglais par Jacques Finné, Librairie générale française, « Le livre de poche », 2009.
Tout commence dans le château du comte Dracula, près du col de Borgo, au cœur des Carpates, en Transylvanie. Ce dernier reçoit la visite de Jonathan Harker, un clerc de notaire. Dracula, qui compte s'installer à Londres, a fait appel à lui. Retenu prisonnier au château pendant un mois par Dracula, Jonathan ne tarde pas à découvrir l'inquiétante et véritable nature du comte.

• Richard Matheson, *Je suis une légende* [1954], trad. de l'américain par Nathalie Serval, Gallimard, « Folio science-fiction », 2001.
Ce roman de science-fiction raconte les derniers jours de Robert Neville, seul survivant humain sur terre. À la suite des recherches d'un savant, une épidémie a transformé les hommes en créatures vampiriques vivant la nuit. Ce roman, récit de la lutte organisée par le personnage principal pour résister aux assauts des habitants assoiffés de sang, renouvelle le thème du vampire.

• Claude Klotz, *Dracula père et fils* [1974], Librairie générale française, « Le livre de poche », 2001.
Le personnage principal de cet amusant roman est Ferdinand, un vampire, fils d'un comte roumain qui est peut-être Dracula et d'une Française qui s'installe à Paris. Le roman raconte avec tendresse et poésie les mésaventures de ce pauvre vampire lunaire et inadapté à la vie moderne et qui a toutes les peines du monde à trouver du sang pour survivre.

• Anne Rice, *Entretien avec un vampire* [1976], trad. de l'américain par Tristan Murail, Pocket, « Pocket Terreur », 2001.
L'histoire se passe dans un hôtel de la Nouvelle-Orléans. Un journaliste écoute la confession de Louis, un jeune homme né... deux siècles plus tôt. Ce dernier raconte sa vie de vampire qui débute, de façon fortuite, par la

rencontre avec un dénommé Lestat, vampire qui deviendra son maître. Le roman nous propose de suivre la longue, passionnante et douloureuse existence de ce vampire.

Des films à voir

(Toutes les œuvres citées ci-dessous sont disponibles en DVD.)

• ***Nosferatu le vampire*, F. W. Murnau, fantastique, noir et blanc, 1922.**
Au début des années 1920, le cinéaste allemand F. W. Murnau envisage de porter à l'écran le roman de Bram Stoker. N'ayant pu obtenir les droits nécessaires à cette réalisation, il triche, il change les lieux, le nom des personnages, etc. Le comte Dracula devient alors le comte Orlock. Ce dernier, interprété par l'acteur Max Schreck, y apparaît comme l'incarnation du mal, un être effrayant, grand, très maigre, chauve, les oreilles décollées en pointe et les mains allongées par des ongles impressionnants. Ne correspondant pas véritablement au portrait qu'en fait Bram Stoker, il ressemble plus à un fantôme.

• ***Dracula*, Tod Browning, fantastique, noir et blanc, 1931.**
C'est Bela Lugosi qui incarne cette fois Dracula. Il ne ressemble pas non plus vraiment au personnage décrit par Stoker, il n'a ni dents acérées ni ongles pointus. Vêtu d'une cape noire, il a l'allure d'un homme élégant et presque mondain. Son jeu très sobre s'appuie presque exclusivement sur les expressions de son visage. Il s'impose dans le rôle au point qu'il marquera le personnage de tout son charisme pendant des années.

• ***Le Cauchemar de Dracula*, Terence Fisher, fantastique, couleur, 1958.**
Il s'agit du premier Dracula en couleur. Le comte est interprété par Christopher Lee. Grand et raide, toutes dents dehors, il est plus inquiétant et plus agressif que le Dracula de Lugosi. Il montre une rapidité et une force physique peu communes quand il se bat. Très silencieux, il n'est jamais là où on l'attend.

• ***Le Bal des vampires*, Roman Polanski, comédie, couleur, 1967.**
Ce film est une parodie de Dracula. Il regorge d'allusions et de gags plus ou moins subtils mais la plupart surprenants. Le film se termine par une

poursuite en luge-cercueil. Le Bal des vampires *conserve une part de merveilleux et de fantastique, les décors sont absolument somptueux. Pendant ce film, on rit et on frissonne.*

• ***Nosferatu, fantôme de la nuit*, Werner Herzog, fantastique, couleur, 1979.**
Werner Herzog décide de rendre hommage à Murnau. Le personnage du vampire incarné par Klaus Kinski conserve l'aspect horrible et monstrueux de son illustre modèle, dents, ongles, oreilles apparentes et même silhouette fantomatique. Mais cette allure animale du personnage n'est que physique. Nosferatu est, dans cette adaptation, un être profondément mélancolique, empli de souffrance et de lassitude.

• ***Dracula*, Francis Ford Coppola, fantastique, couleur, 1992.**
Francis Ford Coppola s'inscrit dans cette humanisation du vampire. En effet, son Dracula est un homme terrassé par la mort de sa femme. Il n'est plus la figure du mal qui agit par haine, mais un être mû par l'amour et le désespoir. Le film est à l'image de ce nouveau comte Dracula, bien plus fascinant qu'effrayant.

Notes

Notes

Notes

Notes

Dans la même collection

CLASSICOCOLLÈGE

14-18 Lettres d'écrivains (anthologie) (1)
Gilgamesh (17)
Histoires de vampires (33)
La Poésie engagée (anthologie) (31)
La Poésie lyrique (anthologie) (49)
Le Roman de Renart (50)
Guillaume Apollinaire – *Calligrammes* (2)
Honoré de Balzac – *Le Colonel Chabert* (57)
Lewis Carroll – *Alice au pays des merveilles* (53)
Chrétien de Troyes – *Yvain ou le Chevalier au lion* (3)
Albert Cohen – *Le Livre de ma mère* (59)
Corneille – *Le Cid* (41)
Didier Daeninckx – *Meurtres pour mémoire* (4)
William Golding – *Sa Majesté des Mouches* (5)
Homère – *L'Odyssée* (14)
Victor Hugo – *Claude Gueux* (6)
Joseph Kessel – *Le Lion* (38)
J.M.G. Le Clézio – *Mondo et trois autres histoires* (34)
Jack London – *L'Appel de la forêt* (30)
Guy de Maupassant – *Histoire vraie et autres nouvelles* (7)
Guy de Maupassant – *Le Horla* (54)
Prosper Mérimée – *Mateo Falcone* et *La Vénus d'Ille* (8)
Molière – *L'Avare* (51)
Molière – *Les Fourberies de Scapin* (9)
Molière – *Le Malade imaginaire* (42)
Molière – *Le Médecin malgré lui* (13)
Molière – *Le Médecin volant* (52)
Jean Molla – *Sobibor* (32)
Ovide – *Les Métamorphoses* (37)
Charles Perrault – *Le Petit Poucet et trois autres contes* (15)
Edgar Allan Poe – *Trois nouvelles extraordinaires* (16)
Jules Romains – *Knock ou le Triomphe de la médecine* (10)
Edmond Rostand, *Cyrano de Bergerac* (58)
Antoine de Saint-Exupéry – *Lettre à un otage* (11)
Paul Verlaine – *Romances sans paroles* (12)

CLASSICOLYCÉE

Guillaume Apollinaire – *Alcools* (25)
Charles Baudelaire – *Les Fleurs du mal* (21)
Emmanuel Carrère – *L'Adversaire* (40)
Dai Sijie – *Balzac et la Petite Tailleuse chinoise* (28)
Denis Diderot – *Le Supplément au Voyage de Bougainville* (56)
Annie Ernaux – *La Place* (35)
Romain Gary – *La Vie devant soi* (29)
Jean Genet – *Les Bonnes* (45)
J.-Cl. Grumberg, Ph. Minyana, N. Renaude – *Trois pièces contemporaines* (24)
Victor Hugo – *Le Dernier Jour d'un condamné* (44)
Victor Hugo – *Ruy Blas* (19)
Eugène Ionesco – *La Cantatrice chauve* (20)
Eugène Ionesco – *Le roi se meurt* (43)
Marivaux – *L'Île des esclaves* (36)
Marivaux – *Le Jeu de l'amour et du hasard* (55)
Guy de Maupassant – *Bel-Ami* (27)
Guy de Maupassant – *Pierre et Jean* (64)
Molière – *Dom Juan* (26)
Molière – *Le Tartuffe* (48)
Abbé Prévost – *Manon Lescaut* (23)
Jean Racine – *Andromaque* (22)
Jean Racine – *Bérénice* (60)
Jean Racine – *Phèdre* (39)
Voltaire – *Candide* (18)
Voltaire – *Zadig* (47)
Émile Zola – *La Fortune des Rougon* (46)

Cet ouvrage a été composé par Palimpseste à Paris.

Imprimé en Espagne par Novoprint (Barcelone)
N° d'édition : 005442-02 – Dépôt légal : mars 2011